Bonsái
La vida privada de los árboles
Alejandro Zambra

盆 栽

〔智利〕亚历杭德罗·桑布拉　著
袁仲实　译

人民文学出版社
PEOPLE'S LITERATURE PUBLISHING HOUSE

著作权合同登记号　图字 01-2016-4692

图书在版编目(CIP)数据

盆栽 /(智)亚历杭德罗·桑布拉著;袁仲实译.
—北京:人民文学出版社,2016
(亚历杭德罗·桑布拉作品集)
ISBN 978-7-02-011894-6

Ⅰ.①盆…　Ⅱ.①亚…　②袁…　Ⅲ.①中篇小说-小说集-智利-现代　Ⅳ.①I784.45

中国版本图书馆 CIP 数据核字(2016)第 174569 号

责任编辑:**卜艳冰　彭　伦　任　战**
装帧设计:**汪佳诗**
封面绘图:**杨　猛**

出版发行　**人民文学出版社**
社　　址　**北京市朝内大街 166 号**
邮政编码　**100705**
网　　址　**http://www.rw-cn.com**

印　　刷　**宁波市大港印务有限公司**
经　　销　**全国新华书店等**

开　　本　**889 毫米×1194 毫米　1/32**
印　　张　**4**
字　　数　**79 千字**
版　　次　**2016 年 10 月北京第 1 版**
印　　次　**2016 年 10 月第 1 次印刷**

书　　号　**978-7-02-011894-6**
定　　价　**25.00 元**

如有印装质量问题,请与本社图书销售中心调换。电话:010-65233595

目录

盆栽

献给阿尔埃里

许多年过去了，
唯一没变的，
是他书里那个年轻的女子。
——川端康成

苦痛，如切如磋，纹理尽现。
——贡萨洛·米连①

① 贡萨洛·米连（Gonzalo Millán，1947—2006），智利作家、诗人。

一　群体

故事的结局是，她死了，而他孤身一人。事实上在她，在埃米莉亚死前多年，他就一直保持单身。我们就假设她的名字叫埃米莉亚，或者她曾经叫这个名字，而他过去、现在、将来的名字叫胡里奥好了：胡里奥和埃米莉亚。故事的结局是，埃米莉亚死了，胡里奥活着。其余的就是文学了：

事出偶然，他们才睡在了一起。有个“西班牙语句法（二）”的考试，是他们两个人都不擅长的科目。不过他们是年轻人，理论上已做好应对任何事的准备，他们准备在双胞胎姐妹贝尔加拉的家里一起学习西班牙语句法（二）。学习小组的成员比预计的要多，有人放出音乐，说自己习惯了边听音乐边读书；有人带了伏特加，声称没有伏特加，就很难集中精神；还有人去买了橙子，因为他难以忍受不加橙汁的伏特加。到了凌晨三点，所有人都酩酊大醉，大家决定睡觉。胡里奥本想和贝尔加拉家的一个姑娘过夜，但很快就改变主意，委曲求全地和埃米莉亚一起睡用人的房间了。

胡里奥讨厌埃米莉亚，因为她总在课上提很多问题；埃米莉亚也反感胡里奥，因为他几乎不去学校却能通过所有考试。不过，那个晚上，两人发现彼此的情感有很多相似之处，就是那种只要用一丁点儿心，任何夫妇都能发现的情感相似性。不消说，后来他们考得一塌糊涂。一周后为了准备补考，他们又聚在贝尔加拉家，又睡在了一起，即使这次他们根本没必要挤在一个房间里，因为双胞胎的父母去了布宜诺斯艾利斯，家里还有空房间。

在与胡里奥发生关系前，埃米莉亚就决定往后要“办事”，和西班牙人一样。不是“做爱”，也不是与别人“勾搭”或“混在一起”，更不是“操”或“干”。“这是一个智利问题，”埃米莉亚带着只在黑暗中才有的懒散劲儿低声说道，“这是智利年轻人的问题。相对于‘做爱’这个词，我们还是太青涩了，可在智利如果你不是做爱，就是在‘操’或‘干’，而我不喜欢和你‘操’或‘干’，所以我更愿意说我们在‘办事’，跟在西班牙一样。”

那时埃米莉亚还不了解西班牙。许多年以后她会定居马德里，在那里她“办”了很多次“事”，但不是和胡里奥，主要是和哈维·马丁内斯、安赫尔·加西亚·阿蒂恩萨和胡利安·阿尔武凯克。还有一次，但只有一次，有点被迫性质地和卡罗利娜·科佩奇，她的波兰女朋友“办事”。这一夜，第二个夜晚，与以往不同的是，胡里奥变成了埃米莉亚生命中的第二个性伴侣。照许多母亲和心理医生不无伪善的说法，他是埃米莉亚的第二个男人。而埃米莉亚是他第一个正式恋爱对象。胡里奥总是逃避严肃的关系，他逃避的不是女人，而是那种严肃性，因为他知道那种严肃性和女人一样危险，或者比女人更危险。胡里奥知道自己注定要受制于这种严肃性，但他尝试着笨拙地扭转严肃的命运，在坚忍的等待中过日子，直到那可怕又无可避免的一天到来，在那一天严肃性将永远扎根于他的生活。

埃米莉亚的第一个男朋友很迟钝，但这迟钝包含着真情实感。他犯了很多错误，一般知道承认错误并改正，可是有些错误是无法改正的。这个呆瓜，她的第一个男朋友，犯过一两个不可原谅的错误，而那些错误现在都不值得一提。

他们十五岁时开始约会，但埃米莉亚十六七岁的时候，他仿佛还是十五岁。就这样，埃米莉亚满十八、十九、二十四岁，他还是十五岁；她二十七、二十八岁，直到三十岁，他仍是十五岁。埃米莉亚的岁数过了三十就不再增加了，并非从那时起她开始隐瞒年龄，而是她刚刚过了三十岁生日就死了。她的年龄不再增长，是因为她死了。

埃米莉亚的第二个男朋友皮肤非常白。跟他在一起，埃米莉亚知道了登山、骑游、远足，还有酸奶。特别是那一段有很多酸奶的时期，对埃米莉亚来说非常重要，因为之前是很长的皮斯科酒①时期，靠着加可乐的皮斯科度过

① 皮斯科酒（pisco），一种由葡萄蒸馏酿制的烈性酒，堪称秘鲁的国酒，在秘鲁、智利等国很流行。

漫漫长夜，还有加柠檬的，甚至有时只有皮斯科，纯的，不加冰。他们互相抚摸，但从不做爱，因为他真的太白了，这让埃米莉亚很没有自信，尽管她自己也很白，几乎全身都雪白雪白的，只有短发乌黑，就是这样。

第三个男朋友，事实上，是个病人。从一开始她就知道这段感情注定是要失败的，即使这样，他们还是一起过了一年半。他是她的第一个性伴侣，她的“第一个男人”，两人在她十八岁的时候发生了关系，当时他二十二岁。

在第三个和第四个男朋友中间，还有一些短暂的约会，大多是出于无聊。

第四个就是胡里奥。

鉴于一个由来已久的家族习惯，胡里奥的初夜是和伊西多拉过的，和“伊西多拉表姐”，成交费为一万比索，但她其实根本不叫伊西多拉，也不是他表姐。家族中所有的男人都曾和伊西多拉在一起。她是一个风韵犹存的女人，有令人着迷的臀和一点儿罗曼蒂克情怀，乐意关怀他们。她如今早已不是人们说的妓女、臭婊子，她极力要撇清这点，她可是一位律师的秘书。

胡里奥十五岁时认识了伊西多拉表姐，接下来许多年都和她保持联系。当他一直坚持，或是他父亲的暴躁脾气有所收敛的时候，他就能得到她作为一份特殊的礼物。众所周知，往往强硬的阶段过后，父亲的懊悔就会到来，然后是父亲的罪恶感，产生的幸运结果便是他经济上的宽松。不用说，胡里奥几乎爱上伊西多拉了。他喜欢她，而她呢，有那么一刻被这个穿着黑衣服的年轻读书人感动了，她对他比对其他客人要好，她溺爱他，教育他，当然是在某个方面。

只是，胡里奥在二十岁的时候有了对同龄女性的渴望，有限的成功经验足以让他下决心离开伊西多拉。当然，离开她就跟戒烟或戒赌马一样，一点也不容易，但和埃米莉亚在一起的第二夜以前，胡里奥就认为自己已经摆脱那个癖好了。

所以在那第二夜，实际上埃米莉亚是有一个竞争对手的，尽管胡里奥从没有比较过她们两个。一是没有可比性，还有就是埃米莉亚后来成了他一生唯一的挚爱，而伊西多拉从来都不是，她只是一个古老的、带给他欢愉和痛苦的源头。当胡里奥爱上埃米莉亚时，在埃米莉亚带给他的所有欢愉和痛苦的对比下，之前一切的欢愉和痛苦都仅仅是对真实的欢愉和痛苦的模仿。

胡里奥对埃米莉亚说的第一个谎言就是声称他读过普鲁斯特的书。读过什么书他一般不说谎，但第二夜和埃米莉亚一起时，两个人知道他们要一起开始做某件事了，那件事，无论持续多久，都会是非常重要的。那个晚上，胡里奥声音洪亮、故作亲密地说，是的，他读过普鲁斯特，十七岁那年的夏天在金特罗[①]读的。那时已没有人去金特罗避暑，连胡里奥的老爸老妈都不会去了，他们是在埃尔杜拉斯诺海滩认识的，然后去了金特罗，那是个漂亮的海滨小城，现在却被些底层人霸占了。在那里，十七岁的胡里奥拿到了祖父母房子的钥匙，把自己关在房间里读《追忆似水年华》。其实是一派胡言：那个夏天他确实去了金特罗，也读了很多书，但读的都是杰克·凯鲁亚克、海因里希·伯尔、弗拉基米尔·纳博科夫、杜鲁门·卡波特，还有恩里克·里恩，就是没读马塞尔·普鲁斯特。

那一晚也是埃米莉亚第一次跟胡里奥扯谎，同样是谎称自己读过马塞尔·普鲁斯特的书。一开始她只表示赞同：我也读过普鲁斯特。可接下来是长时间的沉默，不是让人不舒服的沉默，而是饱含渴望的沉默，因此埃米莉亚不得不把故事编完整：就是去年，我埋头干了五个月，虽然每天都特别忙，你知道的，忙着赶功课，但我还是打算读这七大卷，事实上那几个月对我的阅读生涯意义重大。

她用了“阅读生涯”这个词，说毫无疑问，那几个月是她阅读生涯中最重要的时段。

不过，在胡里奥和埃米莉亚的故事里，省略多于谎言，少于事实，那些被称为“绝对的”、总是让人不大舒服的事实。时间长了，虽然不是很长，但足够长了，他们开始坦

① 金特罗（Quintero），智利中部城市，位于瓦尔帕莱索省。

露小众的兴趣爱好、夸张的情感，以及一段段短暂且骇人听闻的生活经历。胡里奥告诉埃米莉亚一些只有他的心理医生才知道的事儿。埃米莉亚则把胡里奥变成了她的参谋，和他一起回顾以前的种种决定。比如，十四岁时，她认定自己怨恨母亲。胡里奥认真地听着，对她的做法表示赞同。他认为十四岁的埃米莉亚做得很好，那时她别无他法，换成他，也会做出同样的选择，而如果十四岁时他们是在一起的，他肯定会支持她的决定。

埃米莉亚和胡里奥的关系是由一个个事实和吐露的秘密编织的，这些事实和秘密很快成为他们两个人之间的共谋。因此，这是一段渐渐变得沉重的故事。这个故事中的两个学生追索事实，解构看似真实的话语，点燃烧不完的香烟，沉浸在认为自己比其他人优秀和纯净的满足感中。对他们来说，人群只是数量庞杂、性质可鄙的他者。

很快，他们学会阅读相同的书本，拥有相似的思路，隐藏彼此的不同。他们几乎是立刻形成了一种洋洋自得的亲密关系。至少是在那段时间，胡里奥和埃米莉亚成功地融为了一体。简而言之，他们很快乐，这一点毋庸置疑。

二　坦塔利亚

从那以后，他们继续“办事”，在租来的房子里，在床单有股皮斯科味儿的汽车旅馆里。他们这样相处了一年，觉得这一年特别短暂，尽管实际上一年时间已经很长、特别长了。接着，埃米莉亚搬去和她儿时的好朋友阿妮塔一起住了。

阿妮塔对胡里奥不太友好。她觉得他自大而且沉闷，但仍不得不接纳他共进早餐。甚至，有一次，为了向他和埃米莉亚展示，她心里并不那么讨厌胡里奥，她给胡里奥做了拌白煮蛋，这可是胡里奥最喜欢的早餐。埃米莉亚和阿妮塔共住的公寓狭窄且不舒服，胡里奥是这里的常客，不过他让阿妮塔讨厌主要还是因为他改变了她的朋友：

“你改变了我的朋友。她以前不是这样的。”

“那你呢，总是这样吗？”

“总是什么样？”

“这样，跟你现在一样。”

埃米莉亚善解人意地充当和事佬，插嘴说道：“如果你的生活没发生任何改变，那你和别人在一起有什么意思呢？”她还说：“只有找到一个能改变你的人，摧毁你原有的生活，你的生活才会有意义。”阿妮塔对这个理论持怀疑态度，但她没争辩。她知道当埃米莉亚以那种腔调说话时，和她呛着说就太荒谬了。

胡里奥和埃米莉亚的奇怪之处不只是性方面的（这个确实是有），也不只是感情方面的（这方面大量存在），这样说吧，还有文学爱好方面的。一个特别幸福的晚上，胡里奥戏谑地读了一首鲁文·达里奥①的诗，埃米莉亚把它表演出来，赋予它世俗的特征，直到把它变成一首秀色可餐的小诗，一首散发着明晃晃爱欲的小诗，有尖叫，有高潮。每晚“办事”前用时高时低的声调朗读成了一种习惯。他们一起读马塞尔·施沃布②的《莫奈尔之书》和三岛由纪夫③的《金阁寺》，这成了情欲合情合理的来源。不久以后他们的读物明显变得多样化了。他们读佩雷克④的《沉睡的人》和《物》，奥内蒂⑤、雷蒙德·卡佛⑥的故事，泰德·休斯⑦、

---

① 鲁文·达里奥（Rubén Darío，1867—1916），尼加拉瓜诗人，西班牙语文学现代主义的开拓者。

② 马塞尔·施沃布（Marcel Schwob，1867—1905），法国象征主义代表作家。

③ 三岛由纪夫（Yukio Mishima，1925—1970），日本诗人、小说家。

④ 乔治·佩雷克（Georges Perec，1936—1982），法国先锋小说家。

⑤ 胡安·卡洛斯·奥内蒂（Juan Carlos Onetti，1909—1994），乌拉圭小说家。

⑥ 雷蒙德·卡佛（Raymond Carver，1938—1988），美国短篇小说家、诗人。

⑦ 泰德·休斯（Ted Hughes，1930—1998），英国现代派诗人。

托马斯·特朗斯特罗姆①的诗，还有阿曼多·乌里韦②、库尔特·福尔奇③的诗。他们还会读尼采和埃米尔·乔兰④的一些篇章。

平常的一天，他们偶然地开始读博尔赫斯、比奥伊·卡萨雷斯⑤和西尔温娜·奥坎波⑥的《幻想文学作品选集》。幻想各种没有门的穹顶和房子，捏造了不知名的鬼怪以后，他们沉浸在《坦塔利亚》里，马赛多尼奥·费尔南德斯⑦的这篇小故事对他们的影响很深。

《坦塔利亚》是关于一对夫妇决定买一盆植物浇灌，作为他们爱情象征的故事。后来他们发觉，如果植物死了，连接他们两个的爱情也会随之死去。连接他们的爱情是那么巨大，无论如何都不能牺牲它，于是他们决定把这株植物混栽在一大片相同种类的植物里。可失望接踵而至，他们不幸地明白自己永远都找不到那株植物了。

她和他，马赛多尼奥创作的两个人物，拥有过也失去

---

① 托马斯·特朗斯特罗姆（Tomas Tranströmer，1931—2015），瑞典诗人、心理学家、翻译家，二〇一一年诺贝尔文学家获得者。

② 阿曼多·乌里韦（Armando Uribe，1933— ），智利作家、诗人、外交家。

③ 库尔特·福尔奇（Kurt Folch，1970— ），智利诗人。

④ 埃米尔·乔兰（Émile Cioran，1911—1995），罗马尼亚裔旅法哲学家。

⑤ 比奥伊·卡萨雷斯（Bioy Casares，1914—1999），阿根廷小说家、记者、翻译家。

⑥ 西尔温娜·奥坎波（Silvina Ocampo，1903—1993），阿根廷诗人、短篇小说家。

⑦ 马赛多尼奥·费尔南德斯（Macedonio Fernández，1874—1952），阿根廷作家、哲学家。

过一株爱的植物。埃米莉亚和胡里奥——确切地说不能算作小说人物，但也许把他们看作小说人物最方便不过——在好几个月中每次“办事”前都会读读书。这真让人兴奋，他想。她也这么想。有时他们会同时这么想：这真让人高兴，在双腿交缠前读读书，再做做评论，这可真不错，就跟做操一样。

通常情况下，在文本中找到欲望，哪怕是一点点的“办事”的小欲望，都不是件容易的事，不过最后他们总是能找出一个段落或一句诗，把它异想天开地延展或翻转，便能发挥作用，让他们浑身暖洋洋的。(他们喜欢用“暖洋洋”这个表达方式，所以我会用这个词。他们对这个词喜爱至极，甚至可以凭此燃起爱欲)

但这一次完全不一样：

“我已经不喜欢马赛多尼奥·费尔南德斯了。”埃米莉亚一边用难以解释的羞怯嘟囔着，一边轻抚着胡里奥的下巴和嘴角。

胡里奥说：“我也不喜欢他了。以前我觉得他有趣，很喜欢他，但现在不了。不喜欢马赛多尼奥了。”

他们曾用极小的声音朗读马赛多尼奥的故事，然后用更小的声音交谈：

“很荒谬，就跟做梦一样。”

“其实就是梦。”

“这真愚蠢。”

“我不明白你的意思。”

“没什么，就是荒谬。”

那天应该是埃米莉亚和胡里奥最后一次“办事”。虽然阿妮塔常常抱怨，验证马赛多尼奥的故事也引起了莫名的烦恼，但他们并未分手。为了削减失望，或者仅仅是为了换个主题，他们一致转向阅读经典作品。他们和所有文艺爱好者有时会争论一样，争论起《包法利夫人》前面的章节，把他们的朋友和熟人分类，看这些人是像夏尔还是像爱玛。他们还讨论自己是否能和可怜的包法利夫妇相比。在床上是毫无问题的，他们都极力表现得像爱玛，和爱玛一样，和爱玛一样“办事”。毫无疑问，爱玛的技巧超乎寻常地好，若是在当下的环境中，怕是会更进一步；如果在二十世纪末的圣地亚哥，爱玛或许会比书里写的表现得还要好。那些夜晚，房间成了严遮密盖的四轮马车，绕着一座美丽又虚幻的城市自由行驶。其他的事物，人群、村庄，都嫉妒地嘀咕着，那些隐藏在紧闭的门后的让人唏嘘、向往的情事。

在其他方面，他们并未达成一致。他们还没决定好，是她来演爱玛，而他是夏尔，还是最好两人一起演夏尔，尽管他们都不想这样。他们两个都不愿意演夏尔，没有任何一个人愿意扮演这个角色，哪怕是只演一会儿。

在小说还有五十页就结束的时候，他们放弃了，认为或许他们可以在安东·契诃夫的故事里找到慰藉。

对他们来说，契诃夫带来的效果更差，令人奇怪的是，卡夫卡却好一点。不过，就像他们说的那样，伤害已经造成了。他们读《坦塔利亚》的时候，结局即将到来，他们不断地想象甚至演绎一些情景，使结局更加美丽，更加悲伤，更加出其不意。

他们的故事始于普鲁斯特，但他们过了很久才读他的书，因为他们之间那个未曾吐露的秘密。是阅读——或者说“未读”——《追忆似水年华》将两人连在了一起。一起读这部小说时，两个人都要装作事实上这是一场求知若渴的重读。当他们读到许多他们觉得要特别铭记的段落时，会互相望着，大声感叹，伪装出心照不宣的样子。甚至有一次，胡里奥肯定地说，直到此时他才真切地觉得自己在读普鲁斯特，埃米莉亚则在他手上敏锐且惆怅地握了一下作为回应。

他们很机灵，对他们知道的有名章节一扫而过：如果全世界曾为这一段动容，我将为另一段所震撼。开始阅读小说之前，他们共同拟定了一个前提：总结《追忆似水年华》的阅读体验是困难的。这本书属于读完之后仍能扣人心弦的书，埃米莉亚说道。是那些读过之后仍要反复阅读的书之一，胡里奥说道。

他们读到《去斯万家那边》的第372页停下了，停留在如下一段：

> 知道一件事并不等于可以阻止一件事发生，但我们所知道的事情可以被我们掌控，虽不是掌控在手中，至少是在脑子里。它们就在那里随时供我们使用，促使我们幻想享受对它们的主宰权。

我们可以把这段话和胡里奥与埃米莉亚的故事联系起来，但或许这样做等同于移花接木。之所以这样说，是因为普鲁斯特的小说里充斥着类似的片段。小说还有好多页才结束，而故事还在继续。

或者，并未继续。

胡里奥和埃米莉亚的故事继续着，但没有向前发展。

一些年后，他们的故事才结束，以埃米莉亚的死亡告终；胡里奥，并未死去，不会死去，从未死去，他继续着这个故事，却决定不再向前。埃米莉亚也一样，现在她决定不再发展这个故事，但会让它继续下去。一些年后，她将不再继续，也不再发展了。

知道一件事并不等于阻止一件事发生，但可以存在幻想。这个故事就是无数幻想组成的，它可以这样延续：

两个人都知道，属于他们的结局，一起读小说的两个忧郁青年的结局，如人们所说，是天注定的。他们会在散乱在毯子上的书堆中醒来，吸很多大麻，一起听独处时并不喜欢听的音乐（比如埃拉·菲茨杰拉德[①]的歌，他们都清楚在那个年龄才知道埃拉·菲茨杰拉德也算合情合理）。两个人共同幻想至少读完普鲁斯特的小说，共有七卷的大部头，直到最后一个词（“年华”，也是他们预见的最后一词）。他们继续读，遗憾的是只读了一个月多点，按每天读十页算，他们停在了 373 页，此后那本书就一直打开着。

---

① 埃拉·菲茨杰拉德（Ella Fitzgerald，1917—1996），美国爵士乐歌手。

三　借物

一开始是蒂莫西，一只有点像大象的米娃娃。阿妮塔和蒂莫西一起睡觉，和蒂莫西打架，给蒂莫西喂饭，甚至在一周后把它还给埃米莉亚前给它洗了澡。那时她们俩只有四岁，每两周双方的父母把她俩放到一起玩，有时一起过周末，捉迷藏，模仿各种声音，用牙膏在脸上画来画去。

接着是衣服。埃米莉亚喜欢阿妮塔那件紫红色的卫衣，阿妮塔以此交换她的史努比 T 恤，就这样，她们之间开始形成了一个稳固的交易关系，这些年间变得混乱了。八岁时关于一本折纸书，阿妮塔还给埃米莉亚时边角有些破损了。十岁到十二岁她们轮流买半月刊杂志《你》，交换米格尔·博塞①、杜兰杜兰②、阿尔瓦罗·斯卡拉梅利③，以及“无人”组合④的卡带。

十四岁时埃米莉亚在阿妮塔的唇上吻了一下，阿妮塔不知道该如何反应。有好几个月她们没见面。十七岁时埃米莉亚又吻了阿妮塔，这次的吻有点儿长。阿妮塔笑了，

① 米格尔·博塞（Miguel Bosé，1956—　），意大利裔哥伦比亚籍音乐人。
② 杜兰杜兰（Duran Duran），英国乐队，成立于一九七八年。
③ 阿尔瓦罗·斯卡拉梅利（Álvaro Scaramelli，1965—　），智利音乐人。
④ “无人”组合（Nadie），智利歌唱组合。

说如果她再做这样的事，她会回应一个耳光。

十七岁的时候埃米莉亚去智利大学学习文学，这是她一生的梦想。阿妮塔当然知道学习文学并不是埃米莉亚一生的梦想，只是她一时冲动，直接原因是她那时在读德尔米拉·阿古斯蒂尼[①]。阿妮塔的梦想就是减掉几斤，当然，这并没有促使她去学营养学或者体育教育。很快，她报名参加了一个英文培训班，接下来很多年都在跟班学英文。

二十岁时埃米莉亚和阿妮塔住在了一起。阿妮塔已经自己单住六个月了，因为她母亲刚刚公开一段感情，是她应当得到的——这是她跟她女儿讲的——一个从零开始的机会。从零开始意味着没有儿女，而且，很可能一直没有儿女。在这段故事里，阿妮塔的母亲和她都无关紧要，她们是次要人物。重要的是埃米莉亚，她非常乐意和阿妮塔同住，这样她就能和胡里奥在自己的住处肆无忌惮地“办事”了。

在埃米莉亚和胡里奥的关系归零前的两个月，阿妮塔发现自己怀孕了。孩子的父亲——责任人，在那时是这么称呼他的——是天主教大学法律系四年级的学生。这点是她在一直强调的，或许她以此让自己的不小心变得体面点儿。虽然他们才相识不久，阿妮塔仍决定和这位未来的律师结婚。埃米莉亚是婚礼的见证者。在婚礼上跳空比亚舞

---

① 德尔米拉·阿古斯蒂尼（Delmira Augustini，1886—1914），乌拉圭诗人，被誉为二十世纪初期最杰出的拉丁女诗人之一。

时，新郎的一位朋友试图亲吻埃米莉亚，但她一转脸躲了过去，说她不喜欢这种类型的音乐。

二十六岁时阿妮塔已经是两个女孩的母亲了，她的丈夫则在两件事间犹豫，是买一辆小车还是顺其自然地要第三个孩子（“为了关闭造人工厂。”他说，极力表现出滑稽的样子，或许的确很滑稽，人们通常会被这样的话逗乐）。就这样，他们过得还不错。

阿妮塔的丈夫叫安德烈斯或莱昂纳多。我们就叫他安德烈斯吧，而不是莱昂纳多。我们假定一个晚上，埃米莉亚突然拜访他们时，阿妮塔醒着，安德烈斯迷迷糊糊快睡着了，他们的两个小女孩正在酣睡。

那几乎是夜里十一点了，阿妮塔尽力把所剩不多的威士忌均匀分配，安德烈斯则不得不跑去附近的超市买东西，他买回来三小包薯片。

“你为什么不买大包的？”

“因为一个大包都没有了。”

“那你就没想过，比如，带五小包回来吗？”

“没有五包薯片，只剩下三包了。”

埃米莉亚想到或许深夜突然拜访不是一个好主意。在他们为鸡毛蒜皮的事争论时，埃米莉亚只能抬头望着客厅里摆着的一顶巨大的墨西哥草帽。她几乎要起身离开了，但事情有点急：在学校里她说自己是已婚。为了得到这份西班牙语教师的工作，她说自己是已婚。问题是明晚有个同事聚会，她无法找借口不带丈夫。“我们交换过那么多的T恤、唱片、书，甚至有垫片的胸衣，你老公借我一下，不是很过分吧。”埃米莉亚说。

所有的同事都想认识米格尔，而安德烈斯能完美地扮演米格尔。她曾形容米格尔很胖，黑黑的，很和蔼，安德烈斯就是这样的，至少很黑很胖。他倒不是很和蔼，许多年前她第一次见到安德烈斯时就这么觉得。阿妮塔也很胖，但很漂亮，或者说她虽然胖，至少还很漂亮，埃米莉亚常常不无嫉妒地想。埃米莉亚的线条比较粗犷，非常瘦，阿妮塔有点胖但很可爱。阿妮塔说借老公给她用一会儿没有问题。

“只要你还我就行。”

“我向你保证。”

她们会心地笑了，安德烈斯则在旁边使劲掏着他那包薯片里剩下的几片。青春期时，她们对男人的问题非常小心。卷入任何感情前，埃米莉亚都会给阿妮塔打电话，阿妮塔也是这样，她们会非常严肃地互相提问。“你确定不喜欢他吗？”“确定，别纠结了，小笨笨。”

一开始安德烈斯不是很情愿，后来还是让步了。不管怎么说，那会是很好玩的一件事儿。

“你知道为什么朗姆酒加可乐的饮料叫‘自由古巴’吗？”

“不知道。”埃米莉亚说，她有点儿累，希望聚会能早点结束。

“你真不知道？这显而易见，朗姆酒就是古巴，可口可乐是美国，加在一起就自由了嘛。知道了吧？”

“我知道另外一个小故事。”

“哪个？”

“我知道的，不过忘记了。”

安德烈斯讲了很多类似的笑话，让人不烦他都难。他极力避免让大家猜到笑点，甚至还让埃米莉亚闭嘴。大家都这么想，埃米莉亚也这样跟自己说：丈夫可以让妻子闭嘴。安德烈斯觉得阿妮塔该闭嘴的时候，就能让她闭嘴，那么当米格尔觉得他的妻子该闭嘴时，也能让她闭嘴。既然我是米格尔的妻子，我就该闭嘴。

就这样，埃米莉亚在聚会接下来的时间里一声不吭。现在没有人怀疑她和米格尔结婚的事实了，因此如果她们有一两周的婚姻危机或是突如其来的理性分居，我们且这样说，大家也不会觉得惊讶。就是这样，不用通电话，没有共同的朋友，什么都没有。杀了米格尔该是件很简单的事。“我再不和他来往了。”埃米莉亚想象着自己跟大家说这句话的样子。

安德烈斯把车停下。为给这一夜画个完美的句号，他觉得应该跟埃米莉亚说，这个聚会非常有意思，事实上，他不介意以后参加其他聚会。“他们是很好的人，你穿这件钻蓝色礼服真是美极了。”

衣服是土耳其蓝色的，但她不想更正他。他们在埃米莉亚的公寓下面，时间还早。他喝得醉醺醺的，她也一直在喝酒，或许因此，安德烈斯——米格尔——要停顿很久才说一个字，在她看来还不算糟。但是，当她想到在假定的婚姻生活中，要和这个大声嚷嚷的家伙发生关系，便一下有些失神。真是讨厌，埃米莉亚想，就在这时，安德烈斯突然凑得非常近，把左手放在了埃米莉亚右腿上。

她想下车，而他不同意。她对他说你喝醉了，他回答说没有，跟酒精没关系，他注意她已经很久了。这事真太不可思议了，他居然说“我注意你很久了”。他想吻她，她照他脸上来了一拳。安德烈斯的嘴出血了，很多血，大量得令人震惊的血。

那次事件后，两个好朋友很长时间没再见面。阿妮塔永远没能准确地知道那天发生了什么事，但可以猜到一些，一些一开始让她不大高兴的事。随后她就淡然了，因为她对安德烈斯越来越没兴趣了。

他们没买小车，也没生第三个孩子，只有两年认真思考过后权宜的沉默，最终导向万事和平解决的分手。随着时间的流逝，安德烈斯渐渐把自己定位为一个完美的离异父亲。孩子们每两周去他那里住，整个一月份都和他待在迈滕锡略[①]。阿妮塔趁暑假去拜访了埃米莉亚。她那个有负罪感的妈妈几次提出为她支付路费，尽管她舍不得离开孩子们，去那么远的地方，最后还是在好奇心驱使下出发了。

她去了马德里，但她不是去马德里玩的。她是去找埃米莉亚的，她已经很久没有收到埃米莉亚的消息了。她费尽周折找到了萨利特莱街房子的地址，还有一串长得出奇的电话号码。在巴拉哈斯机场她都要拨号了，还是忍住了，她想给她一个传统的、孩童般单纯幼稚的惊喜。

马德里算不上漂亮，至少对阿妮塔来说是这样，那天她从地铁口出来时不得不躲开一群在谋划着什么的摩洛哥人。事实上他们是厄瓜多尔人和哥伦比亚人，但她从来没见过摩洛哥人，就认为他们是摩洛哥人，因为她一直记得不久前电视里一位先生说摩洛哥人是西班牙最大的问题。马德里在她看来是个恐怖的、不友好的城市，事实上，她费了不少工夫才找到一个可信的人打听她记下来的地址。从她出了地铁口到与埃米莉亚面对面的过程中，她与许多人进行了模棱两可的对话。

“你又穿上黑衣服了。”这是她见到埃米莉亚时说的第一句话。但她说的第一句话不是她第一时间想到的。她看到埃米莉亚时想到了好多事，她想到“你变难看了”，“你变得闷闷不乐”，“你看起来有嗑药的瘾头儿”。她发现或许

① 迈滕锡略（Maitencillo），智利海湾城市。

自己不该来这儿。她仔细观察埃米莉亚的眉毛、埃米莉亚的眼睛。她不无鄙视地打量着这个地方：一间小公寓，着实很乱，荒唐，挤了好多人。她想到，或者说感觉到，她不想听埃米莉亚即将跟她讲的话，她不想知道她似乎必须要知道的事。我可不想知道为什么这个地方这么操蛋，为什么你会住在一个到处都是屎的地方，四周都是狡诈的目光、怪里怪气的年轻人、拖着大袋子的胖女人，还有不拖着大袋子仍走得很慢的胖女人。她再次仔细观察埃米莉亚的眉头，看着她那紧锁的眉头，最终决定什么都不说。

"你又穿黑衣服了，埃米莉亚。"

"阿妮塔，你没怎么变。"

埃米莉亚的确说了她一开始就想到的：你还是那样。你还是老样子，一直都是那样，这就是你的样子。而我一直都是随随便便的，我总是随便的样子，或许我会告诉你在马德里我变得更随便了，彻底地更随便。

埃米莉亚察觉到了朋友的不自在，跟阿妮塔保证说和她一起住的两个男人都是可怜的娘娘腔。她说，这里娘娘腔穿得都不错，可不幸的是，和我同住的这两个却穷得叮当响。阿妮塔不想住那儿。她们一起找了家廉价的旅馆。或许她们能放松地聊很长时间，或许不是这样，但说她们会和从前一样聊天肯定是不切实际的，因为之前她们互相信任，而现在连接她们的只有一种别扭感，一种内疚的亲切感，羞愧和空虚。下午快结束的时候，阿妮塔快速地估算了一下，拿出了四万比塞塔，这几乎是她身上带的所有钱了。她全给了埃米莉亚，埃米莉亚完全没有拒绝的意思，欣欣然收下了。阿妮塔深谙这个笑容，一刹那这个笑容把她们连在了一起，但一会儿她们又分开了，一个想着接下来的一周阿妮塔可以去去博物馆，转转服装店，尝尝蜜糖蛋糕；另一个则下定决心，不再去关心埃米莉亚怎么使用她给的四万比塞塔。

四　富余的

加斯穆里不重要，重要的是胡里奥。加斯穆里已经出版了六七部关于智利近代历史的系列小说，几乎没人看得懂。或许胡里奥除外，他已经反复读了好多次。

加斯穆里和胡里奥是怎么认识的呢？

或许说他们“认识”是有点夸张了。

事实是：一月的一个周六，加斯穆里在普罗维登西亚的一个咖啡馆等胡里奥。他刚写完一部小说，共有五大卷，全部手写的。以往是他妻子帮他把这些手稿输进电脑，这一次她不愿意了，她厌倦了。她厌倦了加斯穆里，好几个星期不跟他说话，因此加斯穆里也疲惫不堪，精神涣散。但加斯穆里的妻子不重要，加斯穆里自己也关系不大。加斯穆里这个老头就给他的朋友纳塔莉娅打电话，纳塔莉娅告诉他，她很忙，没空输小说，不过她推荐了胡里奥。

“你的创作都是手写的吗？现在没人手写了。”加斯穆里观察着胡里奥，他没打算等胡里奥回答。但胡里奥回答了，他说没有，说他几乎总是在电脑上打字。

加斯穆里：“那么你就不知道我在说什么了，不会了解那种冲动。当你在纸上写字时，落笔的声音带给人一种冲动。肘、手和笔会构成一个奇妙的平衡。”

胡里奥接着说，但他的声音几乎听不见。应该有人把他的音量调高一些。而另一方面，加斯穆里沙哑发紧的声音却非常响：

“你写小说？每章都很短，也就四十页的流行小说？”

胡里奥：“没有。”他没话找话地接着说，“您建议我写小说吗？”

“看看你提的问题。我不会建议你写小说的，我不会向任何人建议任何事。你以为我约你来咖啡馆是给你提建议的吗？”

和加斯穆里聊天真是难，胡里奥想，很困难但很有意思。接着加斯穆里就开始自说自话了。他讲了很多政治阴谋和文学阴谋，而且特别强调一种看法：“尤其要小心那些粉饰死人的人。我肯定你也喜欢粉饰我。像你这样的年轻人喜欢接近上了年纪的人，因为他们喜欢我们的衰老。年轻是个劣势，不是一种优势，你该知道这一点。我年轻的时候就觉得自己处于劣势，现在也这么觉得。因为年老也是种劣势，我们这些老人很脆弱，不仅需要年轻人的赞美，深层次上，还需要他们的新鲜血液。一个老人需要很多血液，不管他写不写小说。或许现在对你来说富余的，在我看来，就是血液。”

胡里奥都不知道该怎么回答。加斯穆里的一长串笑声算是给他解了围，这笑声让他明白加斯穆里刚才说的话至少有一部分是玩笑。胡里奥应和着笑笑，来到这里做加斯穆里的副手，他感到很高兴。如果可以的话，他希望能一直担任这个职务，但如果他想一直保有这个职务，他就得说点什么，说点表明他的重要性的话，比如说个笑话。但他想不出什么笑话。他终于什么都没说，倒是加斯穆里开口了：

“在你要输入的小说里，就在这个角落，发生了很重要的事，所以我约你来这儿。在这部小说的结尾，就在这个角落，发生了很重要的事，这儿可是个很重要的角落。所有这些，你打算要多少钱？”

胡里奥：“十万比索？”

事实上胡里奥不准备收取费用的，尽管他的钱并不富余。和加斯穆里喝杯咖啡、抽根烟就让他感到很荣幸了。他说十万比索就跟说早上好一样，是机械般地回答。他接着听加斯穆里说话，但有点跟不上他了。他对加斯穆里的话表示赞同，可他更想仔细听完加斯穆里说的，把他说的全部吸收，全面地掌握信息。

“我们就说这是我最具个性的小说，与以往的完全不同。我给你概括一下：他得知年轻时候的相好已经死了。跟平常的上午一样，他打开收音机，听见讣告里有那个女人的名字。两个名字两个姓。一切就从这里开始。”

“什么从这里开始？”

“一切，所有一切。那么，等我决定了，就给你打电话。”

“还发生什么事了？”

“没什么，总是那些事儿。一切都见鬼去吧。如果我决定了，就给你打电话。”

胡里奥向公寓走去，看起来很是困惑。或许要十万比索是个错误，尽管他还不确定这个数目对于加斯穆里这样的人来说是不是个大数目。他当然缺钱。他每周给右派教授的女儿上两节拉丁文课，这份工作的报酬加上他父亲给他的信用卡里的余额就是每月的生活费。

他住在意大利广场一座大楼的地下室里。每当房间热得让人烦躁时，他就会站在窗边看看过往行人的鞋子。那天下午，就在他拧钥匙前，发觉玛利亚——他的同性恋邻居回来了。他看见了她的鞋，她的拖鞋。于是他等着，估算着脚步，听到她跟收发室打招呼。知道她走过来了，才“专心”开门。他装作插错钥匙，实际上他钥匙包里就两把钥匙。“怎么没一个好使的。”他高声说道，一边用余光扫着玛利亚。他看见她白色的长发，衬得脸比实际上更暗一点。有一次他们谈到了塞韦罗·萨都伊[①]。她不是一个读书人，但非常了解塞韦罗·萨都伊的作品。她四十或四十五岁，一个人住，看塞韦罗·萨都伊的书，因此胡里奥自然而然地认为玛利亚是同性恋。胡里奥也喜欢萨都伊，尤其喜欢他的散文，因为主题总和男同或女同有关。

那天下午玛利亚比往常放松了许多，穿了一件不常穿的衣服。胡里奥差一点就提起衣服的事了，但他忍住了，他觉得或许她并不喜欢这类的评论。为了忘记与加斯穆里的见面，他请她喝咖啡。他们谈到萨都伊，《眼镜蛇》《萤火虫》《大爆炸》《躯壳手稿》[②]。也有些新的话题，他们谈论邻居，谈政治，谈奇奇怪怪的色拉，谈牙齿增白剂，谈维生素片，还有一盒坚果酱，她想让胡里奥尝尝。直到某一刻他们没话题可说，两个人必须分开去忙自己的事了。玛利亚是英文教师，但她在家工作，翻译软件和音响设备的指南。他跟她说他刚得到一份不错的工作，一份有意思的活儿，和加斯穆里共事，就是那位小说家。

“我从没读过他的书，不过听说不错。我在巴塞罗那的一个兄弟认识他。他们一起流亡到那儿，我猜的。”

胡里奥说：“明天我开始和加斯穆里一起工作。他需要个人给他把新写的小说打出来，因为他是写在纸上的，他

① 塞韦罗·萨都伊（Severo Sarduy，1937—1993），古巴小说家、诗人、评论家。

② 以上均为塞韦罗·萨都伊的作品。

不喜欢电脑。”

“小说的题目是什么？”

“他希望我们能聊聊题目，一起讨论下。一个男人从广播里得知他年轻时的恋人死了。故事就从这儿开始，所有的故事。”

“接下来呢？”

“他从没忘记她，那是他的挚爱。他们年轻的时候养了一盆植物。”

“一盆植物？一个盆栽？”

“就是那个，盆栽。他们决定买个盆栽作为两人爱情的象征。接下来的一切都糟糕透顶，他却从没忘记她。他结了婚，有了儿女，再离婚，但从没忘记她。一天，他知道她已经不在人世了，于是决定纪念她。我还不知道他是怎么纪念的。”

两杯红酒，然后做爱。虽然房间阴暗，但她额头上的皱纹还是突然变得特别明显。胡里奥的动作有些迟缓，玛利亚感觉到了胡里奥的迟疑，采取了主动。晃动减弱了一些，现在更像是一种有规律的颤抖，一种有规律甚至敏感的臀部游戏。

有一会儿胡里奥的目光停留在玛利亚的白发上：像条白绫，但乱蓬蓬的，非常柔弱。一条应该细细爱抚的白绫，却很难让人有倍加呵护它的心情。胡里奥宁愿从她身上下来，穿上衣服。她摸着胡里奥的耳朵，滑过鼻子的轮廓，理了理他连鬓的胡子。他想他应该去吮吸，不是男人该吮吸的部位，而是那个他认为她正在想象的女人该吮吸的部位。玛利亚打断了他的思路。一猛劲进来吧，她说。

早上八点电话响了。“西尔维娅小姐，行星出版社的，她只收我四万比索的打字费，”加斯穆里说道，“非常抱歉。”

加斯穆里干巴巴的声音让他不知所措。那是一个星期天的早上，八点钟，电话铃把他吵醒了，那个睡在他旁边的女同性恋，或者异性恋，或者以前是同性恋的女人，伸了伸懒腰。加斯穆里拒绝了他，因为行星出版社的西尔维娅小姐干这活儿只收四万比索。玛利亚还没完全清醒到问谁打的电话或者几点的地步，胡里奥就说：

“是加斯穆里，好像他起得很早，或者他很着急。他打电话跟我确认，今天下午我们就着手弄《盆栽》。小说的题目就定的这个：盆栽。”

接下来发生的故事有点罗曼蒂克。一段延续了不到一年的罗曼蒂克故事，直到玛利亚去了马德里。她去马德里是因为她不得不去，但主要是因为她没有留下来的理由。你所有的妞儿都去了马德里，胡里奥那些狐朋狗友们也许会这么说，但胡里奥没有狐朋狗友，他对与三教九流的人交往特别谨慎。总之，在这个故事里她不重要。重要的是胡里奥：

“他从没忘记她，”胡里奥说道，“他有了自己的家庭，有了儿女，有了一切，然后和妻子分开了，但他从没忘记她。她是个翻译，和你一样，但是个日语翻译。他们是很多年前学日语时认识的。她死了，他觉得纪念她最好的方式就是再养个盆栽。”

“他买了一个吗？”

“没有，这次不是买的，而是他自己做的。他弄到几本指南，问了几个专家，撒了些种子。他都接近痴狂了。”

玛利亚说这是个奇怪的故事。

“的确，但加斯穆里写得不错。我的讲述方式使它成了一个奇怪的故事，颇有戏剧性，加斯穆里肯定知道如何给它一个轮廓。”

就在那个星期天，胡里奥臆想了与加斯穆里的第一次见面。他买了四个大笔记本，在森林公园的一张长椅上写了一下午。他疯狂地写着伪造的笔记。到了晚上他继续弄《盆栽》，星期一上午，他已经完成了第一章。他胡乱地写了一些段落，还在手稿上泼了咖啡，甚至抹了些烟灰。

他跟玛利亚说：“这是对一个作家最好的验证。实际上在《盆栽》里什么都没发生，情节就是用来讲一个两页就可以写完的故事，一个或许不怎么好的故事。”

“他们叫什么名字？”

“人物吗？加斯穆里没给他们起名字。他说这样更好些，而我也同意。就是他和她。他们没有名字，或许也没有面部特征。主人公是国王或是乞丐，都没什么分别。一个让自己唯一真正爱过的女人走掉的国王或者乞丐。”

“他会说日语吗？”

“他们是在一个日语班认识的。事实上我还不知道呢，我想这是第二本笔记里面的情节。”

接下来的几个月，胡里奥每天上午伪造加斯穆里的手稿，下午则在电脑前输入那部不知道是别人的还是他自己的小说。但他已经下决心要完成它，至少完成对这件事的想象。他觉得一个完整的文本是送别玛利亚的最完美的礼物，或是能给她的唯一的礼物。这就是他一直做的：完成手稿然后把它送给玛利亚。

玛利亚走后的一段日子，胡里奥写了好几封紧急邮件，但都接连几周保存在草稿箱里没有发送。最后他决定给她发一封这样的邮件：

> 我非常想念你。很抱歉，我一直没空给你写信。希望你已经安全到达了。
>
> 加斯穆里希望我们能继续合作，尽管他没有明确告诉我要做什么。我猜想是另一部小说。事实上我不知道自己是不是愿意继续忍受他的犹疑不决，他的咳嗽，他嘶哑的喉咙，他的各种理论。我不教拉丁文了。我能跟你说的就这么多了。加斯穆里刚刚把题目定为“富余

的”。我不觉得这是个好题目，因此我有点生加斯穆里的气，但他才是作者。

抱一下，胡里奥。

胡里奥害怕又疑惑，他去了国家图书馆观摩《富余的》的发布会，这才是加斯穆里真正的小说。在大厅的后面他隐约看见了加斯穆里。加斯穆里时不时点点头，表明他同意埃本斯佩尔赫尔的观点，后者是评论人。评论人不停地挥舞着双手，表明他确实对这部小说很感兴趣。编辑小姐则坐在他旁边，大大方方地观察着众人的举动。

胡里奥只听了一半的发布会，埃本斯佩尔赫尔教授提到了文学魄力和艺术的不妥协，顺便提到了里尔克的一本书，还用了瓦尔特·本雅明[①]的思想加以论证（尽管他没提到这位作家的名字）。之后，他回顾了恩里克·里恩的一首诗（他只是简单地称他为恩里克），他认为这首诗完美地概括了《富余的》的情节冲突：一个病入膏肓的病人/自慰以显露生命体征。

在编辑小姐发言以前，胡里奥就离开了大厅，朝着普罗维登西亚的方向走去。半个小时以后，他不知不觉地走到了结识加斯穆里的咖啡馆。他决定在那儿坐下，等待重要的事件发生。他抽烟，喝咖啡，再抽烟。

---

① 瓦尔特·本雅明（Walter Benjamin，1892—1940），德国哲学家、文化批评家。

五　两张图

在反向车道被撞身亡，阻断了交通。

——奇科·布阿尔克[①]

这个故事的结局应该让我们满怀希望，但它并非如此。

一个特别漫长的下午，胡里奥决定画两张画。第一张画了一个女人，既是玛利亚又是埃米莉亚：埃米莉亚的深色、几乎是黑色的眼睛，玛利亚的白头发；玛利亚的臀部，埃米莉亚的大腿，玛利亚的双脚；一个右派学者的女儿的后背；埃米莉亚的双颊，玛利亚的鼻子，玛利亚的双唇；埃米莉亚的上身和她娇小的胸部；埃米莉亚的阴部。

理论上第二张图比较简单，对胡里奥而言却非常难，他用了好几个星期画草图，直到画出了他想要的图案：

一棵立在悬崖上的树。

① 奇科·布阿尔克（Chico Buarque，1944—　），巴西诗人、作家、作曲家。

胡里奥把两张画一起挂在浴室的镜子上，像刚洗出来的照片。它们挂在那儿，几乎盖满了整个镜面。胡里奥不敢给他画的这个女人起名字。他叫她“她”。他的“她”，就这样理解吧。他给她编了一个故事，一个没写出来的故事，不需要费神写下来的故事。

因为他父亲和他母亲都拒绝给他钱，胡里奥决定在意大利广场的一条小路上当小贩。买卖是这样进行的：不到一周的时间里，他卖了几乎一半的藏书。奥克塔维奥·帕斯[①]的诗集卖得尤其好（《奥克塔维奥·帕斯最好的诗》），还有翁加雷蒂[②]的诗（《一个男人的生活》）、聂鲁达《作品全集》一个很老的版本。他还卖掉了一本埃斯帕萨–卡尔佩出版社编辑的注解词典，克劳迪奥·贾科尼[③]一篇关于果戈理的文章，两本他还没读过的克里斯蒂娜·佩里·罗西[④]的小说。最后还有冈萨雷斯·维拉[⑤]的《阿尔乌埃》[⑥]，

① 奥克塔维奥·帕斯（Octavio Paz，1914—1998），墨西哥诗人，一九九〇年获诺贝尔文学奖。

② 朱塞佩·翁加雷蒂（Giuseppe Ungaretti，1888—1970），意大利现代派诗人。

③ 克劳迪奥·贾科尼（Claudio Giaconi，1927—2007），智利作家。

④ 克里斯蒂娜·佩里·罗西（Cristina Peri Rossi，1941—　），乌拉圭小说家、诗人、翻译家。

⑤ 何塞·桑托斯·冈萨雷斯·维拉（José Santos González Vera，1897—1970），智利作家，获一九五〇年智利国家文学大奖。

⑥ 原名 *Alhué*。

瓦莱里·拉尔博[1]的《费尔米娜·马尔克斯》[2]，这两本小说他读过，而且读了好多遍，但不会再读了。

他决定用卖书得来的一部分钱来研究盆栽。他买了专门的指南和杂志，有条理地阅读分析。其中有一本指南书，对一个爱好者来说不是很有用，但非常合适，开头是这样的：

> 盆栽是一棵迷你树的艺术复制品，由两个元素构成：成活的树和盆。两个元素应该构成一个和谐的整体，对适合小树的盆的精挑细选本身就是一门艺术。植物可以是蔓生的、灌木或是一棵树，但通常情况下都叫它为树。容器通常是一个花盆或是一个有趣的石块。盆栽从不叫盆栽树。这个单词本身就蕴含了“树”这个元素。一旦离开了盆，树就不能称作盆栽了。

胡里奥记下了这个定义，他喜欢把一块石头看作有趣的物体的概念，而且觉得这一段中的许多观点非常恰适。“对适合小树的盆的精挑细选本身就是一门艺术”。他品味、重复着这句话，直到他确信这句话传递了一个基本信息。因此他为自己即兴创作的、毫无必要的小说《盆栽》感到羞愧，小说的主人公不知道对“盆”的选择本身就是一门艺术，盆栽不是盆栽树，因为“盆栽”这个词本身就有

① 瓦莱里·拉尔博（Valéry Larbaud，1881—1957），法国诗人、小说家、评论家。

② 原名 *Fermina Márquez*。

“树”这一生命元素。

养盆栽就像写作一样，胡里奥想。写作就跟养盆栽一样，胡里奥想。

每天上午他不情愿地找收入稳定的工作做，下午回家后随便吃点东西，然后开始阅读那些指南：他想尽量系统地开始栽种，坚信自己能够完美完成工作。他一直看到犯困。读了盆栽普遍容易得的病、叶子的粉状特征、整枝、驯化的资料。最后他设法买了种子和工具。

接着他动手做了，他做了一个盆栽。

那是个女子，一个年轻的女子。

这就是玛利亚知道的关于埃米莉亚的事。死的那个是个女子，一个年轻的女子，有人悄悄说道。一个年轻的女子在安东·马丁站①跳下了地铁轨道。有一瞬间，玛利亚想靠近事发地点，但她马上抑制住了这个冲动。她走出地铁，想象着刚刚自杀的女子的脸。她想起她自己，曾有段时间，比现在悲伤，比现在绝望。她想起在智利圣地亚哥的家，想起那个家的花园。一个没有花也没有树，但可以被称作花园的院子，毫无疑问那就是个花园。她想起比奥莱塔·帕拉②的一首歌：“我花园里的花啊 / 就是我的小护

① 位于马德里。

② 比奥莱塔·帕拉（Violeta Parra，1917—1967），智利作曲家、民族音乐家。

士。”她朝着富恩特达哈书店走去，因为那天下午有个追求者约她在富恩特达哈见面。追求者的名字不重要，重要的是在路上她突然想起了他，想起了书店，想起了蒙特拉街的妓女，还有其他街上的与本文不相关的妓女们；她想起了五六年前看的一部电影的名字。就这样她开始偏离埃米莉亚的故事，这个故事。玛利亚在去富恩特达哈的路上消失了。她离埃米莉亚的尸体越来越远，开始永久性地从这个故事里消失。

她已经走了。

现在只剩下埃米利亚一个人，阻断了地铁的运营。

离埃米利亚的尸体很远的地方，在那里，很遥远的那里，在智利的圣地亚哥，阿妮塔听她母亲一遍遍地唠叨着日常琐碎，她母亲的两性问题似乎没完没了。阿妮塔有些恼火地跟她分析着，好像这些问题是她自己的，又在某种程度上为这些问题都不是她自己的而感到释然。

安德烈斯，恰恰相反，感到很紧张：十分钟后要开始做体检，尽管没有任何得病的信号，但他总觉得接下来的日子里肯定会收到让他震惊的消息。他想起了女儿们，想起了阿妮塔，想起了另外一个人，另外一个他常常想起的女人，在一个不应该想起什么人的时候想起的那个人。就在这时，一位老先生神情轻松地走了出来，踱着步子，在口袋里摸索着烟或零钱。安德烈斯知道轮到他了，现在到他做血常规了，然后是X光，紧接着或许是扫描。刚离开那里的老先生就是加斯穆里。他们没互相打招呼，他们互相不认识而且永远也不会相识。加斯穆里现在很快乐，因为他不会死，他离开诊所时想着他不会死，想着生命中没多少乐事能和知道自己不会死相比。他想到自己又一次打了个擦边球。

和埃米莉亚阴阳两隔的第一个夜晚，胡里奥睡得很不好，但那时他已经习惯了低质量的睡眠，起因是他的狂热。几个月前，他就开始期待盆栽长成完美形状的那一刻，他预测的那种平静、高贵的形态。

小树按照绳子固定的形状开始生长。胡里奥计划着，几年以内，它就应该和图一模一样了。那夜他醒来四五次，观察盆栽。半睡半醒间，他梦到了一片沙漠或是海滩，一个有沙子的地方，在那儿三个人仰望太阳或天空，仿佛是在度假，又仿佛做日光浴时没发现自己已经死去了。突然出现了一头红棕色的熊。一头巨大的熊，动作迟缓，笨拙靠近那三个躯体，仍然缓慢地围着他们打转，直到画出一个完整的圆圈。

我想把胡里奥的故事讲完，但胡里奥的故事还没结束，这是个问题。

胡里奥的故事还没结束，确切地说是这样结束的：

一年或一年半之后，胡里奥得知了埃米莉亚的死讯。

消息是安德烈斯告诉他的，他和阿妮塔还有孩子们去参加布斯塔蒙特公园举办的儿童书展。胡里奥站在雷克雷阿出版社的摊位边做售货员，这是份报酬不高但非常简单的工作。胡里奥看上去很快乐，因为这是书展的最后一天，意味着从明天起他就可以重新专注于盆栽了。和阿妮塔的见面不免让人有些许误会：一开始胡里奥没认出她，但阿妮塔认为胡里奥是装的，他认出她了但不愿意与她面对面。她有些恼火地表明了身份，顺便提起她和安德烈斯分开好几年了。胡里奥模模糊糊记得他和埃米莉亚在一起时最后的一段日子里，安德烈斯出现过。胡里奥有些僵硬地挑起话头，询问详细的消息，想知道他们为什么分开，而如果他们已经分开了，又为何还可以和谐地一起逛公园。阿妮塔和安德烈斯都没有很好地回答胡里奥这个不得体的问题。

快道别的时候，胡里奥问了一开始就应该问的问题。阿妮塔紧张地看着他，却没有回答。她带着孩子们去买糖汁苹果了。是安德烈斯留下来，给他讲了一个很长的、没有人能明白的故事。这个普通的故事，唯一的特点就是没有人能把它讲明白。安德烈斯说，当时埃米莉亚出了意外，胡里奥没有反应过来，所以什么都没问。安德烈斯就说得更直白：埃米莉亚已经死了。她跳下了地铁轨道，差不多是这样，事实上我也不大清楚。她沉迷于毒品，好像是这样，可能事实不是这样，我也不知道。她死了，他们把她葬在了马德里，这点我很肯定。

一个小时以后，胡里奥收到了他的报酬：三张一万比索的钞票，胡里奥本想把这些钱作为接下来两周的生活费。他拦了一辆出租车回家，代替步行。他跟司机说开个三万比索的路。他反复跟司机解释，直到把三万比索预付给司机：朝任何方向开，绕圈，走方形路线，都一样，花完三万比索我就下车。

这是一段漫长的旅行，没有音乐，从普罗维登西亚一直到拉斯雷哈斯，然后再回来，中央车站，马塔大街，希腊大道，托巴拉巴，普罗维登西亚，贝利亚维斯塔。一路上司机的问题胡里奥一个都没答，他根本没在听他说话。

圣地亚哥，二〇〇五年四月二十五日

树的隐秘生活

献给阿尔埃里和罗萨里奥

我没有童年的记忆。
——乔治·佩雷克

如林木之避世，
似海难者之余生。
——安德烈斯·安万德特[①]

① 安德烈斯·安万德特（Andrés Anwandter，1974—　），智利诗人。

第一部　温室

胡利安给小女孩讲《树的隐秘生活》哄她睡觉，这是他编的一个故事。故事主人公是一棵杨树和一棵猴面包树，夜深人静，没有人注意它们的时候，两棵树会聊起光合作用、小松鼠，或是作为树的诸多好处，而不是做人或动物，或是他们所说的，那些愚蠢的水泥块儿。

丹妮拉不是他的亲生女儿，但在胡利安看来，不把她当作亲女儿反而更难。三年前胡利安来到这个家，他是到这儿的人，因为那时维罗妮卡和小女孩就已经在这里了。是他和维罗妮卡结了婚，在某种程度上，也可以说是和丹妮拉结了婚。一开始丹妮拉对胡利安的到来有抵触情绪，但她慢慢地开始接受新生活了。“胡利安虽然没我爸爸好看，但和我爸爸一样和蔼。”她对小伙伴们说，小伙伴们以出人意料的严肃态度，甚至是庄重的态度表示赞同，好像他们明白，胡利安的到来并非偶然。几个月后，胡利安这个继父甚至在丹妮拉的课堂绘画中获得了一席之地。尤其是在这张画中，胡利安特别显眼：三口人在海滩上，小女孩和维罗妮卡在用沙子堆蛋糕，胡利安穿着牛仔裤和衬衫，在明亮的、又圆又黄的太阳下读书、抽烟。

胡利安比丹妮拉的父亲要难看，要年轻，工作更辛苦，但赚得更少，烟抽得多，酒喝得少，运动得少——几乎不运动——知道的树多于知道的国家，肤色更黑。费尔南多是个简单的人，他不是，他让人捉摸不透。费尔南多是丹妮拉亲生父亲的名字，他该有个名字，而且他不能算是胡利安的敌人，也不是任何人的敌人。问题就出在这儿，在这个故事中敌人是不存在的，维罗妮卡没有敌人，胡利安没有敌人，费尔南多没有敌人，而丹妮拉，也没有敌人，除了一个一直朝她做鬼脸的无聊小男孩。

有时候，费尔南多是丹妮拉生命中的一个印记，但谁又不是这样呢，时不时成为别人生命中的印记。

胡利安是没有印记的费尔南多，有时候费尔南多也是没有印记的胡里安。

那么维罗妮卡又是什么样的人呢？

现在，维罗妮卡是一个还没来到的人，还没从绘画课上回来的人。维罗妮卡是从蓝色房间消失的人。蓝色房间是丹妮拉的房间，白色房间是维罗妮卡和胡利安的。还有一个绿色房间，被他们称为客房，当然是开玩笑地称呼，因为这个房间里乱七八糟地堆满了书、画板和画笔，在这里很难找到一个能睡觉的地方。他们把房间里的柜子改成了一张一点儿也不舒服的沙发，几个月前这个柜子还装过夏季的衣服。

平常，每天的最后几个小时，胡利安和维罗妮卡都会做同样的事：丹妮拉睡着以后，胡利安和维罗妮卡就离开蓝色的房间。在客房里，维罗妮卡画画，胡利安看书。她时不时说句话，打断他的阅读，他也一样。这些打断有时是聊天，有时是无关紧要的谈话，有时则是重要的、决定性的谈话。随后他们会到白色的房间，在那儿看电视或做爱，或是开始争论——没什么严肃的事情，也不是很快就能解决的问题，有时会持续到电视节目结束才会停止争论，有时直到一方让步，因为这个人想睡觉或仅仅是想让步了。这些争论的常规结尾是短暂、安静的性爱，有时是绵长的性爱，两人会发出轻笑或呻吟。然后睡五六个小时，第二天的生活就开始了。

但这一晚不是普通的一晚，至少到目前为止不是。还不能肯定这晚过后是否会有第二天，因为维罗妮卡还没从绘画课上回来。如果她回来了，小说就结束了。既然她还没回来，这本书还得继续往下写。这本书会一直写到她回来，或者胡利安确定她不会回来了。眼下维罗妮卡没到蓝色的房间里来，胡利安在这里给小女孩讲关于树的隐秘生活的故事。

现在，隐匿在公园一角的这些树开始谈论一棵橡树的霉运——有两个人在他的树干上刻了名字，作为友谊的见证。“没人有权力不经你的同意，在你身上文身。”杨树说道。猴面包树加重了语气：“橡树是一个让人叹息的野蛮行径的受害者。这些人该受到惩罚。不看到他们遭受惩罚，我决不放弃。不论上天入地还是下海，我都要找到他们。”

小姑娘开心地笑着，没有一点儿睡意。不出所料，她要提问了，而且从来都提出不止一个问题，至少两三个。她急切地问道：“什么是野蛮行径，胡利安？你能给我倒杯柠檬水吗，再加三块糖？你和妈妈在树上刻过字，作为友谊的见证吗？”

胡利安耐心地回答她的问题，尽量按照提问的顺序回答她：“野蛮行径是野蛮人的行为，野蛮人是纯粹因为喜欢带给别人伤害，就去害人的人。好啊，我可以给你拿杯柠檬水。没有，我和你妈妈从来都没在树皮上刻字。”

从一开始，维罗妮卡和胡利安之间就不是浪漫情事。事实上，他们的相识缘于生意往来。那段时间，胡利安与卡尔拉漫长的恋爱关系正在苟延残喘。卡尔拉是个让人有距离感且阴郁的女人，就快变成胡利安的敌人了。他们之间没什么事值得举办活动庆祝，但胡利安还是听从同事的建议，给糕点师维罗妮卡打电话，订了个三奶蛋糕[①]，后来蛋糕的确给卡尔拉的生日带来了很多欢乐。胡利安去维罗妮卡的公寓，就是现在他们住的地方取蛋糕时，他看到一个黑皮肤、瘦高的女人，披着又直又长的头发，有一双深色眼睛。一个女人，这样形容吧，一个智利女人，举止拘

① 三奶蛋糕，西班牙文为 torta de tres leches，因主要配料含有牛奶、淡奶和炼乳而得名“三奶”，在美洲特别流行。

谨，神情严肃但性格开朗；一个漂亮的女人，有个女儿或许还有丈夫。在客厅等着维罗妮卡为蛋糕打包的时候，胡利安终于瞥见了小姑娘白嫩的脸颊。接着他听见丹妮拉和她妈妈之间有一段简短的对话，两人针锋相对，但也坦诚相待。谈话内容是关于日常生活的，可能是关于刷牙的协商谈判。

说那天下午胡利安就被维罗妮卡迷倒了可能是不确切的。事实上，只是他的思维停滞了三四秒，也就是说，胡利安本该三四秒之前离开公寓的，他没那么做，是因为多看三四秒维罗妮卡深色而明净的面孔，让他感到很快乐。

胡利安的故事讲完了，他对自己讲的故事很满意，但丹妮拉还没睡着，反而更精神了，想和他多说会儿话。小姑娘精心地兜了会儿圈子，才开始讲学校里的事。她突然跟他坦白，说她想染一头蓝色的头发。他笑了，认为这是一种形而上的愿望，跟飞行或时空旅行的梦想一样，可她却是认真的。“我们班上的两个小女孩，甚至一个小男孩都染过头发了，”她说道，“我也想至少染一绺蓝色的，我不知道蓝的好还是红的好，我还没想好呢。”她嘟囔着，好像这件事全由她自己决定一样。这可是个新话题，胡利安知道小姑娘和她妈妈谈了一个下午，现在是来征求继父的同意。而继父试图在这场游戏中摸索一个位置：“你还不到八岁呢，为什么要损坏这么可爱的头发呢？”他对她说道，并且即兴创作了一个意义不甚明白的家庭故事，用这样或那样的方式证明染发是个疯狂的举动。这样的对话一直持续到小姑娘有点生气，她开始犯困打哈欠了。

见丹妮拉睡着了，胡利安开始想象自己八岁时睡觉的样子。这种思考是不由自主的，看见一个盲人，就想象自己也是盲人；读到一首小诗，就想象这是自己创作的，或是大声读出来，不为给任何人听，只是深受词语深沉的音调的鼓舞。胡利安只是注意一个个场景，记住它们，然后再忘掉。或许他总是局限于接受一个个场景：他没有做过决定，不曾失去也不曾获得，只是被某些场景牵引着，他追随它们，无所畏惧却又毫无勇气，直到接近或是抹去它们。

胡利安躺在白色房间里的床上，点了一根烟，最后一根，倒数第二根，或者是长夜的第一根。长夜漫漫，注定要回味一段着实朦胧的过去。此时生活像一个已经解决的难题：他被邀请进入一个新的私密空间，在这个空间里他扮演了一个角色，成为丹妮拉的父亲，丹妮拉就是那个睡着的小女孩；成为维罗妮卡的丈夫，就是那个还没从绘画课回来的女人。此时故事开始消解，而且几乎不能以任何方式继续。现在胡利安找到了一个远距离观察的视角，仔细地、饶有兴趣地观看国际米兰和雷吉纳的比赛转播。很明显，国际米兰随时会打进一球，胡利安万万不愿错失观看这一进球的机会。

维罗妮卡读艺术专业本科二年级的时候，丹妮拉的到来扰乱了一切。

预知痛苦是她选择的体验痛苦的一种方式，稚嫩的痛苦不断生长，在某些温暖的时刻，逐渐消失。怀孕的前几周，维罗妮卡就下决心隐瞒这个消息，连费尔南多和她最好的朋友都不告诉。其实严格来说，她没有最好的朋友，或者说，她有很多朋友，总是来寻求她的建议，但这种信任完全不是相互的。那段缄默的时光是维罗妮卡留给自己的最后一点奢侈，维罗妮卡给自己营造出额外的私密空间，沉浸其中，以迟疑的镇定做出诸多决断。我可不愿意成为怀孕的学生，我不愿意成为学生妈妈。她想，因为她不愿意好几个月都穿着宽松的花衣服，不愿意跟老师解释为什么没有为考试做复习准备，两年以后，还得把小宝贝寄放在图书馆员那里。一想到图书馆员惊呆的表情，想到他们担当别人孩子的忠诚守护者，她就有些抓狂。

那几周里，她参观了几十家艺术画廊，厚着脸皮向老师们提问题，花好几个小时享受高年级同学的殷勤。这些学生，毫无疑问，是令人难以忍受的好孩子，嘴上说自己表现很差，却比学工程贸易的兄弟或教育心理的姐妹更快获得成功。

维罗妮卡很快就对自己曾经一直寻找的东西感到懊悔：她想要融入的、能够融入的不是那个世界，远远不是。从那时起，每当想起被抛却的梦想，每当低落涌上心头，她就会在自己储存的反面例子中寻求安慰。她想到的不是某些老师对艺术范式的不屑，而是两三个成功混入艺术系教师队伍的话痨教的课程。与其品评一些同学真实的、诚实的作品，她更乐意去那些天真的画廊，在那儿，班上的优等生会展示他们的新发现。

年轻的艺术家们能够完美地模仿学院派的语言，满怀激情地填写各种政府资助申请表。但是，这些资助很快就花光了，艺术家们不得不靠给业余爱好者上课维持生计，和维罗妮卡上的课一样，她在附近街区一间破烂的礼堂里学画画。早上维罗妮卡一边烤小饼干一边接电话，下午送货和上课。有时她觉得上课很无聊，有时又觉得非常愉快。她是一个敏捷严谨的画师，最终安于成为一个业余画家。一小时前她就该从绘画课上回来了。她现在肯定在回来的路上了，胡利安一边看电视一边想。八十八分钟，出乎所有人的意料，雷吉纳队率先进球了。比赛就这样结束了，国际米兰 0 比 1 负于雷吉纳。

上星期胡利安过了三十岁生日。生日聚会的气氛有点奇怪，因为胡利安的兴致不高。和许多女人少报自己年龄的道理一样，胡利安有时会给自己加上几岁，随性地怀着些许苦涩回忆过往。最近他开始想，或许自己该成为牙医或地质学家或气象学家。他觉得自己目前的职业很奇怪：教师。而我的真正职业，最近他这样想，该是生头皮屑。他想象自己这样回答别人：

“您是做什么的？”

“生头皮屑的。”

他的答案肯定是太夸张了，可人人都是不无夸张地生活着。如果胡利安的生命可以被分成几段，那么这几段能用一个含有各种夸张条目的目录统领。十岁以前，他极少夸张自己的生活，几乎没有夸张的情况出现。但十岁到十七岁之间，他一直致力于夸张事实。从十八岁起，他成了擅长各种夸张行为的专家。自从他和维罗妮卡在一起，他的夸张显著减少，尽管有时这种习惯会死灰复燃。

他是圣地亚哥四所大学的文学教师。他本想专攻一门，但生计迫使他不得不成为全能的人：他教美国文学、西语美洲文学，还有意大利诗歌，虽然他根本不会讲意大利语。他非常认真地读了翁加雷蒂、蒙塔莱①、帕韦泽②、帕索里尼③的书，还有一些当代作家的作品，比如帕特里夏·卡沃利④和瓦莱里奥·玛格莱利⑤。他从来都不是意大利诗歌研究专家，但在智利，不懂意大利语的老师教授意大利诗歌算不上什么严重的事，因为圣地亚哥还有很多不懂英文却在教英文的老师，不会拔牙却在拔牙的牙医，还有体重

① 埃乌杰尼奥·蒙塔莱（Eugenio Montale，1896—1981），意大利诗人、散文家、翻译家，一九七五年获得诺贝尔文学奖。

② 切萨雷·帕韦泽（Cesare Pavese，1908—1950），意大利诗人。

③ 皮埃尔·保罗·帕索里尼（Pier Paolo Pasolini，1922—1975），意大利作家、导演。

④ 帕特里夏·卡沃利（Patrizia Cavalli，1947—　），意大利女诗人。

⑤ 瓦莱里奥·玛格莱利（Valerio Magrelli，1957—　），意大利诗人。

超标的私人健身教练，以及在课前必须服大剂量抗焦虑药物才能上课的瑜伽教练。多亏了胡利安有即兴创作能力，他总能信心满满地面对课堂挑战。他总能灵光一现，用瓦尔特·本雅明、博尔赫斯或尼卡诺尔·帕拉[①]的句子救场。

他是教师，周末则是作家。有几个星期，他抓紧时间拼命工作，以近似疯狂的节奏写作，好像受到交稿期限逼迫一样，他称这段时期为高产期。但大部分时间都是低产期，那时他只在周日实施他的写作大计，就像很多男人只在周日做园艺、做木工或喝酒一样。

他刚写完一本篇幅很短的书，但这花了他好几年的时间。一开始他搜集了很多素材——他搜集的资料有近三百页，但随后他开始逐渐删减。与其说他在扩充故事，不如说是在剪切或是删除故事。结果很可悲：四十七页的空洞故事。他极力说服自己这是一部小说。虽然当天下午他决定把这本书搁置几个星期，但关了电视以后，他又拿起手稿读了起来。

现在他开始读自己的小说，极力装作自己不了解这个故事。有时他达到了这一境界，任凭自己被无知和害羞牵引着，确信眼前是别人的文本。然而，一个不合适的停顿或一个粗糙的音节就能把他拉回现实，那时他又一次成为

① 尼卡诺尔·帕拉（Nicanor Parra，1914—　），智利诗人、数学家、物理学家。

作者，创作了某样东西的作者，一个评判自己的错误、过失和廉耻的警察。他站着读，在房间里转悠，他应该坐一会儿或躺一会儿的，但他一直保持站立的姿势，直直地挺着脊背，躲着灯光，好像明亮的光线会暴露手稿中的错误。

第一个场景是一个年轻的男人在仔细修剪一盆盆栽。如果有人让他概括小说的内容，他可能会说，是关于一个年轻男人精心培育盆栽的故事。或许不该说是一个年轻男人，只需明确指出主角不是儿童，不是成年男性，不是老年男子就可以了。很多年前的一个晚上，他对朋友塞尔希奥和贝纳蒂塔提到这样一个场景：一个男人专心培育自己的盆栽，照顾它，沉浸在要把它培育成真正的艺术品的想法里。几天后，他们开玩笑地送了他一盆小橡树。“帮你完成你的书。”他们对他说。

在那段时间里，胡利安一个人住，或者说，几乎是一个人住。其实他是和卡尔拉住在一起的，而这个奇怪的女人几乎要变成他的敌人了。那时，卡尔拉从不在家待着，特别是胡利安下班时，她更是逃避回家。胡利安给自己倒了一杯苦杏酒茶——现在苦杏酒茶让他反胃，但那时他非常喜欢喝这种茶——开始摆弄他的树，给它浇水，给它修枝，还会花至少一小时观察它，或许说等着它动，就像很多孩子那样，晚上躺在床上，静静地、长时间地冥想自己在长大。

只有仔细观察盆栽的生长以后，胡利安才会坐下来写作。有些高产的晚上，他会突然信心满满地一页页地写；有些糟糕的晚上，他连一段都写不出。他在电脑前呆坐着，精神涣散且焦急，好像盼着书能自己写出来一样。他住在努尼奥阿广场对面一座大楼的二楼，这座大楼的一楼是酒吧，从那里发出嘈杂的声音和铁克诺音乐的动感节奏。在这样吵闹的环境下工作，他感到很舒服。有时一些特别幽默或不雅的谈话传上来，胡利安自然会走神。他清楚记得一个年长的女人苦涩的声音，她对所有愿意听她说话的人讲她父亲死了；还有一个年轻人，在一个冬季的早晨，歇斯底里地发誓说，下次做爱一定会戴套。他常常想，应该把这些声音录下来，应该把这些话完整地记录下来。他幻想着声音的潮水从地下漫到窗子，从窗子流到耳朵，流到笔尖，流到纸上。这些偶然收集到的素材，肯定比胡利安自己写的更耐看。但胡利安不满足于命运提供给他的故事，坚持摆弄他的盆栽。

狗娘养的，从我家滚出去。

一天下午，胡利安下班回来，看到客厅墙上写着这样的句子，颜色鲜红，笔画粗重。这恐怖的景象让他觉得墙上的字是用鲜血写的。随后他发现了一加仑的涂料桶，还发现地毯上有几滴涂料的印记，但那个虚构的场景永远印在了胡利安的脑海中，现在他仍然倍感震惊地想象着卡尔拉割裂皮肤，血液从食指喷涌而出的样子。直到现在，他仍认为卡尔拉在客厅的墙上写“狗娘养的”是不对的，因为在他俩的那段故事里，他可以是任何东西，唯独不是狗娘养的。他是笨蛋，是傻瓜，是懒汉，是自私鬼，但唯独不是狗娘养的。有一段时间，那个公寓是属于他们两个人的，是她突然选择了离开。胡利安很快就适应了，或者说是马上就适应了没有卡尔拉的生活。这是他犯的唯一错误，一个必然会犯的错误，胡利安想。现在她不在了，离开了，永久性地从他的生命里消失了。

胡利安一手提着箱子，一手端着盆栽，当晚就离开了卡尔拉的公寓。接下来几周，他一直处于酒醉的状态，住在朋友家里，不厌其烦地跟想听他说话的人唠叨他的故事，可他不擅长讲自己的故事。近来胡利安把自己隐藏在平静淡定的外表下，但这平静淡定的外表是比较少的，胡利安非常明白这一点。“五杯酒下肚，你的话匣子就会打开。”在一次朋友聚会上，他的好友比森特跟他说道，这人讲得很有道理。同时盆栽强烈地抗拒着居住环境的改变，尽管胡利安满怀内疚地精心养护，到达最终的住处之前，盆栽还是开始干枯了。

应该用几个段落或是一整本书来解释下，为什么那段时间里胡利安不和父母住在一起，但现在只需提一下：很多年来，胡利安一直装作自己没有家人。有很多人装作有家人，组织无聊的聚会，用喝酒和客套话催生出匆忙的和解。胡利安则相反，他装作没有家人。他有一些要好的朋友，还有一些关系不太好的朋友，就是没有家人。

一个周日，在翻看报纸上的招租广告时，他看到了维罗妮卡的住址。那套公寓位于远离市中心的皇后区，在二楼，对于单身男人来说很大，对于一个初级教师来说价格太昂贵。胡利安要找的是一个小而便宜的地方，一个可以开始新生活的小窝，让他可以过跟以前不一样的生活。所以那个周末他很理性，打消了租住维罗妮卡公寓的念头。但第二个周末又看到这条广告时，他变得不理智了。他手脚麻利地出发了，直奔公寓。他想，重新再看到维罗妮卡的住处是很开心的事情。一到那里，他就认出了门房呆头呆脑的怪样子，还有经过修枝的欧洲女贞，直挺挺地竖着黄色的枝杈。他以奇怪的艺术视角品味着四周。他不记得花园里有巨大的仙人掌，也不记得有又黑又粗的铁条围着窗子，但他很喜欢这个地方。这里的公寓有阳台，还有一些小朋友骑着自行车在四周转悠，等着吃午饭。

维罗妮卡和丹妮拉不在，等着胡利安的只有三个不大的房间和一个熟悉的客厅。对他来说这里太空了，他的行李只有几本书，还有一盆半死不活的盆栽。不过，他已经打定了主意。和房东一番讨价还价后，他茫然地签下了租房合同。这让他不得不上更多的课，或是组织社区的孩子们参加诗歌培训班，好多赚些钱补贴日常生活。

从那时起，他住进这半空的房子里。他早上八点出门，天黑了才回家，把自己关起来写作，看着盆栽陷入无可救药的痛苦。

一天晚上，赛尔希奥和贝纳蒂塔来看他。在这个单身汉的家里，没有勺子，没有平底锅，没有坐垫，没有烟灰缸，没有台灯，连一套窗帘都没有。因此，胡利安对他们的礼物表示感谢的同时，觉得非常荒唐，因为他们给他带的是一本珍妮特·温特森[①]的书、一大捆香薰蜡烛和一些玻璃蜡烛杯。贝纳蒂塔很快把这些东西分放在房间的各个角落。

向他们解释了盆栽不幸的遭遇后，胡利安开始给他们讲一个他确实想告诉他们的故事：他来过这套房子，他见过以前的房客（他用了“房客”这个有点夸张的词），一个年轻的女人和她的女儿。在他的故事里，人们很容易发现一个奇怪的侧重点，一种在朋友们看来非常明显的钦慕之情。

“因此你租下了这套房子，”贝纳蒂塔说道，这是个善

① 珍妮特·温特森（Jeanette Winterson，1959—　），英国作家，代表作《橘子不是唯一的水果》《写在身体上》等。

意的揶揄，“仅是喜欢这种偶然性。”

“不是的，”胡利安答道，他很不好意思，用有点牵强，甚至是毫无必要的强硬语气说，“我租下这房子是因为我觉得它很方便。”

“好吧，胡利安，你就承认吧，”赛尔希奥说，“你租下这房子，是因为保罗·奥斯特[①]的小说读多啦。”

赛尔希奥和贝纳蒂塔爆发出哄笑声。胡利安也笑了，但笑得很勉强，他希望朋友们快点离开这里，或是笑完了再回来。因为那个让人难堪的玩笑，胡利安再也不读保罗·奥斯特的小说了。他总说不推荐读奥斯特的小说，争辩道，除了《孤独及其所创造的》有几页还行，保罗·奥斯特就是过了水的博尔赫斯。

不过，这是另外的故事了，一个小故事，不足为道，最好还是继续这个虚构的线索。胡利安自己就非常喜欢那种充满虚构情节的文艺书，他会倒在地上放声大笑，或是发出一串不在意的笑声。或许他应该合上那本书，合上那些书，不再直面生活，生活对他来说是个过大的话题，还是面对披着脆弱铠甲的现在吧。现在故事还在继续，维罗妮卡还没回家。最好盯住这件事，一遍遍地重复这句话：她回家的时候，这部小说就结束了——这本书会写到她回家，或是胡利安确定她再不回来了为止。

---

① 保罗·奥斯特（Paul Auster，1947—　），美国作家、导演，代表作《纽约三部曲》《布鲁克林的荒唐事》等。

朋友们来看胡利安以后的日子，他编造出许多关于维罗妮卡和小女孩在这个公寓里生活的情景。胡利安下班回家开门时，会装出一副进入一个陌生空间时害怕的样子。他一直在客房里睡觉，他称这个房间为绿色的房间，这个房间最小，他选这个房间或许是因为他习惯待在角落里。蓝色的房间没做任何改变，空空如也，只有一把油漆刷和一些散落在地上的纸。在白色的房间里，有三四十本书堆在几个箱子上，一块厚重的板子搭在两个画架上，就成了一张书桌。他经常写作到深夜，虽然他没有头绪，没有章法，一只苍蝇或冰箱的嗡嗡声都能吸引他的注意力。但最能让他走神的还是那些虚构的回忆：他想象维罗妮卡从阳台探出身去，或是她在读书，或是在镜子前尝试梳个新发型。他一边写一边想着维罗妮卡，陷入维罗妮卡在看他写作的幻境里。

一天他决定给她打电话，借口是订个新蛋糕。他在电话本上找她的电话，却发现他记下的电话是他现在的住所的，而曾向他推荐维罗妮卡的蛋糕的同事，已经去美国定居了。因此他跟公寓的房东打听，房东极不情愿地同意帮他联系一个人，那人认识一个或许知道维罗妮卡现在住处的人。经过一周的疯狂打听，胡利安终于弄到了号码，但他又拖了一周才敢给她打电话。

他在电话里讲，真是巧合，但她似乎对此并不是很感兴趣。“你已经知道我的地址了，那你就把蛋糕送来吧。”他跟她说，装出非常开朗的语气。维罗妮卡已经对这种套近乎的行为习以为常了，她同意了他的要求，公事公办地说：“后天傍晚七点给你送蛋糕。”胡利安的计划完全成了幻想：他想象维罗妮卡沉浸在回忆里，虽然为和一个陌生男人聊了一会儿而感到害羞，但做好了赴约的准备，赴约后的几个小时，探索他的秘密，直到放下警惕。他想象和维罗妮卡在客厅做爱，然后在厨房做爱，他把她按在门上，作为和她道别的方式。

相反，维罗妮卡只是仔细地观察了她住过的公寓的墙壁，极力掩饰着不自主的鄙视和一丝不快。她没看干枯的盆栽一眼，那个盆栽的尸体被胡利安特意放在地上，真的是特意放的，希望盆栽能引起一个关于植物的、让她略显羞怯的话题，或是一段关于死去的橡胶树的故事，或是被胖黑狗破坏的牵牛的故事。但维罗妮卡只是笑了一下，拿了钱就离开了。作为最后的、让人不甚自在的谈资，胡利安突然说：“另一个蛋糕是给我女朋友的，好吧，前女友。这个是给我母亲的。你看到的那棵树正在枯萎。”

而维罗妮卡全部的回答是：“噢。”

她又笑了一下，离开了。

但接下来有了第二个、第三个、第四个，甚至第五个订单。这几个月里胡利安体重长了好几公斤，因为他早饭、午饭和晚饭都在吃三奶蛋糕。他幻想着自己正在一点点消解维罗妮卡对他的抗拒。为了让自己的生活显得真实可靠，胡利安说每个蛋糕都是用于家庭聚会和社交，维罗妮卡建议他变换蛋糕的种类，因为她开始厌倦做同一种蛋糕了。但胡利安不喜欢黑森林蛋糕或千层蛋糕，也不喜欢菠萝蛋糕或橙汁鸡蛋煎饼。胡利安一直喜欢同一款：“就是三奶蛋糕，多放些波特酒，非常感谢。”

到第五个订单时，她看起来能接受胡利安了，较之从前，终于对他有了些好奇心。胡利安想：或许现在她能接受我了，终于能在我这里喝上一杯咖啡或一杯葡萄酒。准确地说是一茶杯葡萄酒，因为胡利安没有酒杯，只有茶杯。这一次胡利安没有搞错状况。现在，在维罗妮卡看来，胡利安是一个讨人喜欢的人，不是很丑，虽然她还没想到自己在胡利安的上面还是下面，更没想到会被按在门上，成为胡利安梦想的疯狂性爱的女主角。

但渐渐地胡利安不再期待那些偶然性的做爱了。他开始希望维罗妮卡能留下来过夜，或是他在维罗妮卡家过夜。他和维罗妮卡一起住，和维罗妮卡慢慢地、极其安静地做爱，避免吵醒小姑娘，而当小姑娘在祖父母家或她爸爸家住时，他们就会大声地叫着，充满激情地做爱。胡利安想象小姑娘的父亲是个高个子、黄头发的胖子，后来才知道他是个高个子、黄头发的瘦子。

送第五个蛋糕的下午，维罗妮卡接受了胡利安递给她的一茶杯葡萄酒，但他们没有做爱。

在现实的光影里，对他来说，和卡尔拉在一起的生活如同一片乌云，一潭湖水。看她就像坐着慢速火车途经某地或某个国家时，从车窗望到的风景。看到墙上信息的那个晚上，胡利安反复预想一个他认为不可避免会发生、实际上却从未发生过的场景：他和卡尔拉面对面坐着，不得不喝些咖啡，她制造突然的、矫柔造作的停顿，然后说些悲伤的话，调子拖得很长，但都是真话。接下来，回归新生活的胡利安说了在此种场合应该给出的答案，而不是他曾经低着头、结结巴巴说出的那些话。

没有机会缓和卡尔拉的愤怒或漠然了。他曾不止一次要制造这最后的一幕，但推动他这样做的力量非常薄弱：一想到要陷入争论，他就感到深深的厌烦。胡利安不想修复爱情，因为很久以前他就不爱她了。在开始爱她的前一秒，他就不爱她了。这听起来有点奇怪，但胡利安就是这么觉得的：与其说他爱上了卡尔拉，不如说他爱上了陷入爱情的可能性，然后爱上了爱情的紧迫性。他爱上的是关于一个胴体在白色的、脏兮兮的床单里滚来滚去的想法。

“我是一个人，”卡尔拉说，“我没有父母，没有家人，我是一个人。”有人问卡尔拉是否有家庭时，她这样说道。事实的确如此：卡尔拉的父亲不久前去世了，而她母亲很多年以前就不在了，因为她抛弃了丈夫和女儿到卡利去了，去寻找一个模糊的、有关神秘教义的梦。卡尔拉的优势是没有家庭，胡利安的劣势是他不仅有父亲，有母亲，有姐姐，还有一大群让人分不清楚的祖父母和外祖父母、叔叔舅舅、侄子侄女、外甥外甥女，还有表兄弟和堂兄弟。卡尔拉给了他一个远离过去的好地方。在胡利安的过去里，没有什么东西需要他逃避，但这恰恰是他要逃避的：他要逃避平庸，逃避不计其数的、被微不足道的人包围的时光。

卡尔拉在智利大学学习哲学，但她没有取得学位的打算，不想工作，不想做其他什么事。她唯一想做的就是待在家里听音乐和吸大麻。她吃很多的巧克力或奶汁意面。在胡利安——他可是个好厨子——来了以后，菜式也不过是加了一个青酱意面、饺子、炸鸡和菜豆玉米糊。胡利安靠教课赚钱，她则定期获得遗产收益，因此他们可以过得奢侈点：他会买很多书，她则买很多唱片、大麻和镇静剂，镇静剂与其说是她的嗜好，倒不如说是她必须服用的。

胡利安专心上他的课，写他的书，忽略了卡尔拉生活中很多重要的节点：他没注意到她焦急等待的样子，没注意到每天晚上她都讲很长时间的电话，或许有时也很短。他从不问她是谁打的，你想干吗，你去哪里，即使问了，也从不刨根问底。他早就接受了无数的借口和摔门而去。

他没弄明白卡尔拉为什么突然不回家了。一开始她还编一些蹩脚的借口：“我晚回来，是因为有个女人生病了，需要我的帮助。”一天早上她对他说，但他没有任何反应——他不看，也不想看到卡尔拉红棕色的眼睛里空洞和急迫的神色。接下来她开始在那个女人家里过夜，借口说要照顾她。这样就不需要新的借口了。每隔两三天，胡利安就会发现半开的盒子、还没洗的盘子，以及卡尔拉出现过的其他痕迹。又过了几周，他们才偶然见到一面，是在楼梯间里。那是一个生硬的招呼，没有亲吻，只有这样的对话。“我的朋友好多了，”她说道，“多亏了我。”“你什么时候搬回来？”胡利安有些困惑地问道，但他没有得到回答。他本该给她点压力，或许，她会告诉他一个他漫不经心地开始怀疑的答案：那个女人是卡尔拉的母亲。

胡利安冷漠地注视着卡尔拉从面前的小路离开，甚至备感轻松。他想象她每个下午走在伊拉拉萨瓦尔的样子，随身听里反复播放火绒棒乐队[①]的歌，想着自己的母亲，想着那个胡利安认为是她母亲的人。或许是她编造说自己有母亲，或许是她说服那个女人做自己的母亲，她请求她，哀求她做自己的母亲，胡利安想。他为自己弄不明白个中关系感到厌倦，实际上他对此毫无兴趣。

他从没深入剖析他与卡尔拉的关系，他还有其他事情要思考。有时一大早，他会想到他的小说的各种曲折结局。他的小说，更确切地说，不能算是一部小说，而应该说是一本由东拼西凑的文字和许多注释组成的书。实际上，他根本不想写小说，而只想把自己的记忆存在一个混沌的、严丝合缝的地方。他只想把记忆放在一个包裹里，然后一

① 火绒棒乐队（Tindersticks），成立于一九九一年的英国乐队。

直背着它，直到它重得压坏了脊背。

在一个寒冷的夜晚，写小说时，胡利安决定不再用含糊不清的、难以解读的故事充页数了，他要写一本盆栽日记，详细记录这棵树的生长，这看起来更简单。每天下午回到家，他会在本子上记录这棵树在一天中发生的、哪怕是很微小的变化：一片刚出现的叶子；一根轻微弯曲的枝条；在显微镜的观测下才能发现的，前天没有，今天才出现的六颗极小的石子。自然而然，他的生活开始与确定的日期、各种客观事实挂钩，这些是他要获得的东西。

他幸福地躺下了，对未来生活感到很满意。在他还没睡着时，他听见了门锁转动的声音。是卡尔拉和那个生病的女人，或许她们刚从公园回来，她们刚在那里神神秘秘地散步。

胡利安走到客厅，跟两个女人打招呼，然后，迎着她们惊讶的目光，寻找她们的相似之处，但他只是发现两个姐妹，或是表姐妹，或是朋友表现出的相似。这倒有些奇怪，因为卡尔拉没有，或者声称自己没有姐妹或表姐妹或朋友。让胡利安印象深刻的是，那个女人看起来不像生病的样子。如果把她鲜活安静的外表与卡尔拉的粗鲁相比，卡尔拉更像是生病的人，而她的母亲——可能是她母亲——是护理她的人。

那个女人和蔼且礼貌地回应了胡利安的招呼，而卡尔拉只是让胡利安看到，她想和她的客人单独待着。她这样称呼她，“我的客人”。他觉得他可以拖延这场寒暄，按常理，他完全有理由问，她们到底是表姐妹，还是朋友，还是母女。可以预料，卡尔拉不耐烦了，对他说：“去睡觉吧，我们想单独待一会儿，我想你能明白我们想单独待会儿的意思。”

胡利安想尽一切办法，从自己的房间听两个女人的谈话。但她们几乎不说话。她们一直沉默，差不多过了一个小时，那种沉默逐渐变得让人难以忍受。两个女人一起离开了家，那晚卡尔拉没回家，接下来几个月也没回来过。而她回来，也只是为了在客厅的墙上，用红色的颜料或是血写下：“狗娘养的，从我家滚出去。”

现在他很少会想起卡尔拉。几天前，丹妮拉的小猫死掉了，胡利安想起维斯拉娃·辛波丝卡[①]的一首诗。他去了图书室，想给小姑娘读读这首诗来安慰她。他在书架中找了一会儿，才发现那卷绿色的书，由亥伯龙出版社出版的，是另一本他留在卡尔拉家里的书。对卡尔拉的回忆仅是依附于对书的回忆；在看到墙上信息的那晚，他离开时留下了许多书。现在卡尔拉什么都不是，只是个偷书贼。有时，当胡利安徒劳地在书架上翻检书籍时，就会咬牙切齿地称她为“偷书贼”。

他想象卡尔拉和可能是她母亲或护士的女人喝着茶，

---

① 维斯拉娃·辛波丝卡（Wislawa Szymborska，1923—2012），波兰诗人，一九九六年诺贝尔文学奖获得者。

她们在讨论赚钱的办法，好支付牙医的诊疗费，或是支付一次去伦敦或巴黎或里斯本的旅行。和卡尔拉一起生活的那些年让他觉得很糟糕，糟糕且让人痛苦。

现在胡利安有了一个实实在在的家，那种会在星期六的下午做科学课作业或看蒂姆·波顿电影的家庭。丹妮拉刚睡着，他竖起耳朵，听妻子是否回家了，但他只听见远处鱼缸里发出的咕噜咕噜的声音，几个月前他们在客厅里安了那个鱼缸。胡利安轻轻地靠近宇宙和万达，它们在脏兮兮的水里一成不变地游着。胡利安贴在玻璃上，非常认真地观察着它们。戏剧性的是，胡利安突然成了一个监视者，一个监视鱼的人，一个受过专业训练的人，防止这两条鱼离开鱼缸的人。

在小说里，如果有人还没到来，胡利安想着，那是因为在他身上发生了不好的事，但庆幸的是，这不是小说：几分钟之内维罗妮卡就会带着一个真实的故事回来，带着一个能合理解释她迟归的理由回来，然后我们就会谈论她的绘画课，小姑娘，我的书，那两条鱼，是否有必要买个手机，烤箱里的一块布丁，未来，或者还会谈几句过去。为了保持冷静，胡利安想文学和现实都充斥着没有回家的女人，那些意外死去的女人，但在现实世界里，在生活中，也有突然陪一位朋友去诊所的女人，或者在路中间遭遇爆胎的女人，而且没有人停下来帮助她。

维罗妮卡是那个还没来到的女人，卡尔拉是那个一直都不在的女人。

卡尔拉的妈妈是那个离开的女人，然后出乎所有人的意料，突然又回来了。

卡尔拉是那个不在的女人。

卡尔拉是在的，但她没出场。她出去找她母亲去了，像其他人出去打猎一样。

她出去了，去买香烟了。卡尔拉不在这儿，她一直都不在。她去买香烟，去找她妈妈，去打猎了。

维罗妮卡的车的一个轮胎破了。她知道我不能去找她。我不能把小姑娘一个人留下。维罗妮卡会换轮胎的。

维罗妮卡是那个在路中央给汽车换轮胎的女人。每分钟有几百辆汽车经过她身边，但没有一个人停下来帮助她。这就是正在发生的事，胡利安想。他的思维最终定格在维罗妮卡在一条遥远的马路的中央，一个人换轮胎的画面上。

丹妮拉醒了。她总是在半夜里醒来，刚过十二点。她的声音细小，带着哭腔，她求胡利安重新哄她睡觉。“妈妈就快回来了，”胡利安说，“她刚打过电话，她一切顺利，刚才陪一个朋友去医院了。那个怀孕的朋友有宫缩了。”胡利安说，他还补充道，“在回来的路上，她的车有两个轮胎爆胎了。”

小女孩不知道“宫缩”这个词，也不知道两个轮胎爆胎的情况是很少见的，但小姑娘对于妈妈的迟归一点也不担心，确切地说不是特别担心。她只希望胡利安能陪在她身边，再次哄她睡觉，帮她驱散黑暗。

“我不明白为什么小朋友们会害怕黑暗。我在你这个年龄，已经不怕黑了。”他对小姑娘说。他在说谎，或者说事实是这样的：当胡利安还是小孩子的时候，他不害怕黑暗本身，只是害怕自己会变成盲人。一天晚上，他在黑暗中醒来，房间里没有一丝光亮，他的第一反应是有人把房间的门锁上了，接着他满怀恐惧地认为自己变成瞎子了。从那时起胡利安就无法忍受绝对的黑暗或锁死的房间。

“我们再讲个关于‘树的隐秘生活’的故事，你要不要听？”

“好。”丹妮拉回答。

几周前，丹妮拉还回答说不要。“我已经长大了，不需要听故事了，我能一个人睡觉。”她突然说。小姑娘的坏脾气源于一件事：在费尔南多的家里，可能是玩了一轮电游之后，她找到了一盘父母结婚时的录像带。也许是胡利安在小姑娘生活中占的分量逐渐增加，这让费尔南多感到有些不安，所以他没有阻止她，反而和她一块儿坐下来观看录像，而且非常积极地回答小姑娘提出的问题，但小姑娘大多数时候只是目不转睛地盯着电视屏幕，出奇地安静。她回家时，仍是一副出神且不喜欢搭理人的样子，经过维罗妮卡一番坚持不懈的询问，小姑娘才说出让她闷闷不乐的缘由。

接下来是许多通电话、维罗妮卡的指责、费尔南多的争辩、胡利安力求两全的调和——他和往常一样，不得不充当两方的调解人。“你知道维罗妮卡是什么样的人。”他安慰费尔南多说。事实并非如此，费尔南多知道如何应对难缠的客户，知道谈下合适的价格，甚至知道如何用吉他弹出海托尔·维拉罗伯斯①的几首曲子，但他确实不知道维罗妮卡是什么样的人。他都来不及了解她，因为那段婚姻只维持了不到三个月，或是一百天。费尔南多这样定义那段日子：“那是百日战争。”当别人问起和维罗妮卡在一起的时光时，费尔南多笑了好一阵，然后说道。

维罗妮卡和费尔南多结婚时，是做好了遵循传统幸福路线的准备的。那时候他们决定暂时冻结所有不同意见，像所有真正的夫妻那样。这想法并非子虚乌有，而是初具

① 海托尔·维拉罗伯斯（Heitor Villa-Lobos，1887—1959），巴西作曲家、指挥家，二十世纪拉美古典乐界最负盛名的人物。

雏形，尽管一开始有些不好的征兆。举行婚礼的那天，维罗妮卡二十一岁，费尔南多近三十岁，丹妮拉才六个月。他当时想，随着时间的推移，他们最终会习惯一起生活的；而她，预想婚姻会维持一两年。丹妮拉没什么想法，因为六个月的小宝宝还不会思考。

（当然，这是一个拙劣的笑话，但还是要讲。最好是认为那段时光就是一个笑话，一阵转瞬即逝、如过眼云烟的噪声，现在我们已经听不见了）

现在想要知道那个下午，丹妮拉坐在电视机前的想法还太早。那是她第一次看到父母在一起，作为一对真正的夫妇出现：维罗妮卡扮成新娘的样子，头发盘在脑后，身材比现在圆润，很漂亮；费尔南多向四周笑着，沉醉多于紧张，着一身新租的灰色西装。一个很瘦的牧师，手指修长，字正腔圆地主持着典礼。然后，丹妮拉的父母开始接吻，那是一个有点害羞和勉强的吻。那是一场美妙的婚礼，不管怎么说，一些时刻是非常美好的。远房的姑姑和阿姨会为一丁点触动流下快乐的泪水，而老人们则笨拙地与年轻人掺和在一起。工作人员顶着涂满发胶的头发，与崭新的领带、硕大鲜艳的领结抗争着。伴娘和伴郎们穿着最新潮的衣服，他们朝相机笑着，这笑容看似是装出来，实际上毫无疑问是真实的。

让丹妮拉感到不安的，不是看到父母在接吻，而是看到当时只有六个月的自己或哭或笑，被大家传来传去，有人要去洗手间，或是弄洒了甜酒时，就会把她递给别人。婚礼的宾客们手里举着杯子，慷慨陈词，结束语一成不变地提到丹妮拉，小丹妮拉，丹妮。“希望她从现在起，”他们说，“更加幸福。”六个月的小女孩穿着精致，打扮合宜，头发光亮，脸颊潮红，在那些她已经不记得的人们的怀里或哭或笑，或打瞌睡。

丹妮拉从没看过，以后也不会看到第二盘录像了，也就是她妈妈第二个婚礼的录像。不过，维罗妮卡和胡利安结婚的那天，她记得很清楚。有太多的场景摆在她面前：两个婚礼，两个聚会，两个不同的结局。一边是她的父母，六个月的她；一边是她妈妈、胡利安和她，五岁的她。一间破旧的办公室代替了庄严肃穆的教堂，里面有一张刚刷过清漆的木头桌子，还有一个拉长调子说话的女人。新婚夫妇在一本宽大的书上草草地签了字，交换了一个肯定且短暂的吻。接着妈妈跑向小姑娘，可小姑娘不想被双臂或三只手臂拥起来。周围响起几个观礼者嘈杂的喝彩声。

第二个婚礼让她不喜欢的地方是她妈妈没穿婚纱，而是选了一套蓝色的新娘礼服。但总体来说，她觉得还不错，那毕竟是她经历的人生第一次聚会，第一次她记忆颇深的聚会：她吃了三块三奶蛋糕，这是维罗妮卡为纪念她和胡利安的故事而做的。丹妮拉跳啊，跳啊，先是和表哥们一起跳舞，然后和外公，和她妈妈，甚至和她的新爸爸一起跳。那时，新爸爸对她来说不过是一个来吃午饭的食客，而现在，也就是三年后，他刚讲完一个关于树的故事，哄她睡觉。

“我们讲另一个关于‘树的隐秘生活’的故事，你想听吗？”

“好啊。”丹妮拉说。这让胡利安颇感负担，他的眼睛和耳朵有点痛，他不知道怎么回事。他想马上躺下睡觉，什么都不管，明早再醒来，或让昨天重新来过。就讲一个精短的故事，只讲开头，讲到小姑娘睡着就行。或许是一个关于巨人养育树木的故事，对他来说，这些树好像花园里的小草；或是一个小男孩的故事，他爬上了一棵圣栎树，再也不想下来了。胡利安预感到这个故事的情节会很复杂。或许最好是即兴创作一个故事，他想，也许唯一有意义的就是即兴创作：

杨树和猴面包树在谈论一群常来公园散步的狂人。前提是它们都认为有不少狂人来公园散步。“公园里到处都是疯子，但我最喜欢的疯子，”猴面包树说，“是一个两臂特别特别长的女人。有一次她跟我聊天，虽然这事已经过去很久，但我记得很清楚，就跟昨天刚发生的一样。她来找我的时候，我大概不到两百十五岁或两百二十岁，而你还没出生呢。”

突然，胡利安意识到自己犯了一个错误，因为丹妮拉困意全无，被猴面包树的年龄勾起了好奇心，她知道杨树和猴面包树是一直生活在一起的，它们是非常好的朋友，一生都扎根在公园里。为了摆脱这个情节设置上的疑窦，胡利安编了一系列日期，用以推断出猴面包树有一千五百岁，而杨树不到四十岁。丹妮拉仍然很疑惑，胡利安继续讲，意识到自己要更加认真才能拯救这个故事：

“她嘛，”猴面包树说道，“是一个有着很长很长手臂的女人。一开始，我认为她是个小姑娘，因为她戴着牙套，但她不是小姑娘，而是一个女人，有着很长的手臂的女人，手臂垂下来时都能触到地面了。一个不是很漂亮的女人，一个不同寻常的女人，有绿色的眼睛、短而白的头发、深色的皮肤，戴着厚厚的牙套，手臂长得垂到了地面。她是画家，或者以前是画家，她叫乙子。”

胡利安决定把故事重点放在这个疯女人身上，但他没把这个女人看作疯子，只是把她看成一个单身女人，或是一个对着两棵树自言自语的女人。他开始描述乙子对着古老的猴面包树自言自语：

“我是画家，”乙子说，“但我遇到了一个困难，不得不放弃画家这个职业。这个困难就是我的手臂，它们长得太长了。用这么长的手臂画画是很困难的，因为画布离我太远了，我几乎看不见它，我的眼睛感到很疲倦。

“我配了眼镜，但我不喜欢用，至少在我摘掉牙套以前我都不打算用眼镜。从小时候起，我的宣言就是：要么牙套，要么眼镜。我选了牙套，可谁知道那之后我的手臂长得太长了，导致我没法儿画画了，事情就是这样。

“人长这么长的手臂是不正常的。树枝却可以这样，可以一直生长，这一点你比我清楚，猴面包。树枝会一直长，直到它们突然死亡，但人长这么长的手臂，这真不寻常。

“或许也没那么奇怪，或许我是千分之一，或是百万分之一，我喜欢这一点，这是一个优势。这是个困难，但也是优势。

“所以我要另找一份工作。我希望从事捡树叶的工作，因为这对我来说更容易，我几乎不用弯腰。我整天在公园里转悠，从地上捡树叶。”

胡利安可以不用讲故事了，因为丹妮拉已经睡着了，但胡利安仍在讲。现在说话的不是画家，也不是捡树叶的，而是另一个女人，比乙子漂亮，或者说，至少她的手臂没那么长，而是和正常人一样。她不是维罗妮卡，肯定不会是维罗妮卡，因为维罗妮卡还在远处的一条街道上徘徊呢。从某种意义上说，维罗妮卡是唯一一个不能在胡利安讲的故事里出现的人；胡利安大声地讲着这个即兴创作的故事，不给任何人听，除了这个已经睡着的小姑娘。

丹妮拉找到婚礼录像带的那天，维罗妮卡和胡利安正借机充满激情地、轰轰烈烈做爱，这话是维罗妮卡说的，她正笑嘻嘻地咬胡利安的脊背。

他们喝了两瓶葡萄酒，在抒发豪言壮语中度过了一夜，这些句子差不多印证了现在。那时出现了一个小失误，一切突然回归到现实。维罗妮卡看着胡利安，慢慢地、一个字一个字地说："如果我死了，我不希望小姑娘和费尔南多一起生活。我希望她和你在一起，或是和我妈妈一起。"胡利安突然化身为烂电影中的完美老公那样，他紧紧搂着维罗妮卡，对她说："你不会死的。"然后他再次进入她的身体，他们两个又笑了，接着再喝酒、做爱，直到天亮。

一想起那些句子，胡利安像被什么东西狠狠地击了一下。他又拨了几通毫无回应的电话，这些电话只是徒增失望。胡利安在房间里来回踱步，在鞋子里弓起脚尖，小心翼翼地走着，好像他正走在一片长满鲜花或是布满地雷的田野上。在小女孩的房间里，有一个海绵宝宝形状的闹钟，指针指着凌晨两点半。这应该是第一次有人在凌晨两点半看这个闹钟，胡利安想，好像这一断定缓解了等待的焦虑。

小说还在继续，尽管只是为了遵守一条不合理的规则：维罗妮卡还没回来。这一刻，时代的缩影没有了，背景音乐没有了，只有明显的一句题外话，多余的话。胡利安大声地重复着这句话，一声比一声高，紧接着声音越来越小，直到完全静默，好像某个人缩在扶手椅里，饶有兴致地控制着胡利安的音量。胡利安重复了十遍题外话："我是一个没有逝者的家庭的儿子。"他一边说，一边注视着墙壁，好像那是一面橱窗，"你好，我是一个没有逝者的家庭的儿子。"

很久以前，在学校的一个隐蔽的小花园里，胡利安吸着大麻，大口地喝着西瓜酒，那酒很甜腻。他花一整个下午和班上同学轮流讲述家族故事。死神紧紧跟随着每个家庭，在场的所有人中，胡利安是唯一一个来自没有逝者的家族的人。对这一事实的发现让他感到一种奇怪的苦涩：他的朋友们是看着去世的父母或是兄弟姐妹们留下的书长大的，但在胡利安的家里，没有亲人死去，也没有书。

那是一栋联排洋房，配有一个杂乱地长着鲜花的小园子，每年夏天，他们都会用一种颜色类似冬天的白色涂料重新粉刷墙壁，胡利安很乐意重复那种颜色的名字——冬日白。也许他们只刷过一两次墙壁，但胡利安倾向于认为每年他们都会粉刷房子，每个夏季来临之时，全家人都投入到粉刷墙壁的工作中，所以几十年下来，房子仍和新的一样。或许现在仍然很新，或许另有一户新人家在那里落脚了。非常有可能是这样，胡利安想着，这家人很快就会藏进房子里。

胡利安的思绪一次次敲击着记忆的大门，他看到了一支标枪划破一九八四年的长空，那年举办了洛杉矶奥运会。

胡利安曾经把精力浪费在盆栽上。现在，他认为唯一值得写的书是关于一九八四年里的一些日子的，这是唯一合法且有必要写的书。

他费力地把这个场景切割出来：他坐在一张黑色的沙发里，那是张仿真皮的黑椅子，朝着电视机，他专心看着标枪飞翔。死神就住在这排劣质房子的附近，但在一九八四年，那个小男孩不知道、也不会知道这件事。他看标枪飞翔，看竞走，他喜欢看那些被禁止跑步的墨西哥运动员，他喜欢模仿他们走路的样子——迅速、整齐地前进。

一天下午，胡利安的父亲从单位带回了四个大箱子，胡利安和姐姐一起帮忙搬运：第一个箱子里有一百盘《伟大的作曲家》系列磁带，其余三个箱子全是世界文学、西班牙文学、智利文学作品——几十本书，有的是米黄色的，有的是红色的，有的是咖啡色的，是著名出版社出版的，纸张又厚又黄。在那之前，家里只有一本跟汽车修理有关的手册，还有一本 BBC 出版的英语教程。在振兴家庭方面，这些新书起到了一些作用。

组建一个家庭不是件容易的事。需要忘记老朋友，结交新朋友。需要全身心投入到工作中，在人群中戴着眼罩穿行，趟过许多难以回答的问题之河，以求找到一条小径或是捷径，到达一个没有幸福也没有贫困的未来。现在没有箱子了，或是只有空箱子。没有戒指，没有大把的头发，没有一沓沓反复折叠、几乎破碎的信，没有发黄的照片。

人生就是一张唱片，创造了转瞬即逝的过去，颜色扎眼且永不消褪的过去。

胡利安咒骂着自己的思维定式：和卡尔拉在一起的最后一段日子，应该专心记下底楼酒吧传出来的谈话才是。这样做或许更好。与其聚焦于一个没有活力的场景，倒不如写写各种各样的生活，比如那个小男孩在一九八四年的生活。写文学作品倒不如沉浸在家庭的镜像里。他在构思一部只有两章的小说：第一章很短，关于小男孩在当时知道的事情；第二章则很长，可能是无穷无尽的，关于在那时候小男孩不知道的事情。胡利安并非想写一个故事，这不是他的计划。他只是希望很多年前他已经写完这个故事，现在可以拿出来读读。

那天夜里，在客厅建起一个图书角以后，父亲把全家人叫到了一起，围在桌子旁边玩大都市桌游。有的家庭，在晚上九点，男人开始自斟自酌，喝葡萄酒，女人开始熨衣服，对孩子们的去向不闻不问，任凭他们在院子里弄得满身伤口，或是待在自己黑暗的房间里，或是在浴室里吹泡泡，或是在厨房用变酸的牛奶做奇怪的甜点。也有的家庭在客厅里，用严肃的谈话迎接傍晚的来临。还有的家庭在这时回忆逝去的人，痛苦笼罩着每个人的面庞。没有人做游戏，没有人说话，大人们写着没有人会去读的信，孩子们问着没有人会回答的问题。

与其他家庭不同，这是一个等着玩大都市桌游的家庭。一切应有尽有，有医院、监狱、电影院、银行、色子、命运牌、房子、大厦、街道。玩家分别是一个严肃的男人，出身底层，正在拼命往上爬；一个长相甜美但神情忧郁的女人；一个漂亮但脆弱的小女孩；一个八九岁的小男孩，他叫胡利安，他本来叫胡里奥——这是一个让人难以置信却真实存在的故事：他们想叫他胡里奥，这是他们在户口登记员面前说出的名字，但登记员听到的是胡利安，所以在出生证上写的是胡利安。父母没有提出修正意见，因为在那个时代，连一个户口登记员都需要威慑力和尊重。

一个黑皮肤的男人、一个白皮肤的女人、一个不是很白的小女孩和一个不是很黑的小男孩围在桌边。黑皮肤的男人总是在赢，白皮肤的女人不一会儿就觉得无聊，退出了游戏。不是很白的小女孩继续玩，直到输掉了所有的筹码。她眼里流露出焦虑的神色，暗自发誓，下次一定要打败这个黑皮肤的男人。不是很黑的、名字被变过的小男孩不想赢也不想输，只想多喝些可口可乐。父亲乐于看到女儿的百折不挠，但他也很高兴是他一直在赢。母亲却恰恰相反，她早抵押了所有的财产，把钱平均分成两部分，分给了孩子们。她坐在旁边，哼着比奥莱塔·帕拉一首歌的和音部分，她几乎唱了出来。就是这样：看着他们玩，观察着一九八四年家人的脸庞，被他们逗乐，为他们难过，陪他们度过无所事事的时光。

现在胡利安的住处靠近一条天蓝色的街道，托瓦拉达街，之前他离海蓝色的大街伊拉拉萨瓦尔仅几步之遥，在努尼奥阿广场对面，和一个几乎要成为他敌人的女人住在一起。他是从其他的街道走到这座房子的，那些街道在大都市的地图上没有显示，因为它们太遥远了，在首都的西面。在记忆里，那些街道的颜色是灰白色的。在胡利安童年和最初的青年时代，那些街道是白色的。只是现在，它们铺满了灰尘，不久前，时光把它们弄脏了。

现在是凌晨四点，胡利安开始考虑一种他之前拒绝承认的可能：维罗妮卡没有在一条很远的街道上停下来，而是在某个男人的家里，这次他说服她留在那里。胡利安勾画了这一场景，连细节都没放过：那个家有潮湿的墙壁，烛光映着两个偷情的人。他们一刻都不耽误，他们没有时间停下来和门卫打招呼。有橘皮的味道、蜡烛燃烧的味道，还有两个躯体摩擦时散发出的味道，之前喷洒的香水的味道——维罗妮卡肌肉线条明朗，皮肤光滑且炙热。

不会是一幢房子，胡利安想。他花了很长时间构思出一个光彩夺目的房间，明亮，摆满了镜子，有一个水池，发出滴滴答答的水声。他想象维罗妮卡被一杯劣质的威士忌灌醉了，被可卡因的烟雾熏得飘飘然，她在某个人的身体上慢慢地晃动。这才是完整的、毫无疑问的解释：维罗妮卡还没回来，因为她在美术老师的床上，一场短暂的欢爱变成了绵长的欢爱。这种事常发生。很快，美术老师，或是语法老师，或是量子物理老师第六或第七次进入她的身体。“你别担心，”胡利安高声说道，“你别担心，我已经把小姑娘哄睡了，我给她讲了一个故事，你别着急，继续做你的爱吧，狗娘养的，你还有时间最后给他来一次口交。”

但这不是电视比赛秀，需要大家装成乞丐，忍受其他人的鄙视。胡利安不想让糟糕的猜忌之火烧下去，他改变了情节：他坚信妻子还没回来是另有原因。维罗妮卡在遥远的街道迷失的画面慢慢变大，逐渐成为一种事实。

他躺在地上，像一头被关在笼子里的狮子，或者说是一只猫，或是和那些奇怪甚至恐怖的鱼一样——几个月前，小姑娘出于怜悯把那些鱼带回了家。如果我们能渡过这一关，胡利安想，我们就存钱去瓦尔迪维亚或蒙特港度假。或许不要这么大的期待，如果我们能渡过这一难关，星期六我们就去看雪。之前，被一种古老的阶级仇恨所驱使，他总是放弃这个念头，现在又回过头来审视。智利的雪是给有钱人下的，这一点他非常清楚，但他还是逐渐习惯了和与自己差距很大的人们一起生活，一段时间以后，这些人成为了和蔼可亲的人。但是这个计划很快就被取消了，它是不可能维持太久的。胡利安已经发现了一件事，用他自己的话来说，就是一个思维断档：他们是不会渡过这一关的。渡过这一关的概率，相当于维罗妮卡畅通无阻地穿过几小时前就关闭的通道。渡过这一关，或许意味着醒过来。但他不可能醒过来，因为他一直醒着呢。

尽管如此，他仍继续想象雪，一个虚幻的空间，游离小说以外的空间：在这个空间里，年轻人都病得很重，老年人回忆着往日的爱恋。雪，是一种荒诞但美丽的东洋之物，如同他坚持养育的盆栽一样。他一直想了解，或已经了解雪。十八岁时他曾爬上公交车，去一家五星级酒店的后厨工作，在一个黑人大厨手下做帮手，这位领导肯定是一个刚退役的军人。胡利安想象自己从下往上看，站在雪里看一条站满缩小的游客的架空索道。

胡利安靠近白色房间的墙壁，他以一种荒诞的严肃态度，思考墙壁的颜色是和冬天一样的白，还是和雪一样的白。他不知道是否能把墙壁涂成雪的颜色。他没见过雪。他闭上双眼，紧紧地闭着眼睛待了二三十秒，然后小心翼翼地、胆战心惊地回到这个场景已经设定的故事里，这故事有时像一本教画画的书。这里有三个房间和三个书籍系列：蓝色的、白色的、绿色的、米色的、红色的、咖啡色的。阿尔杜罗·布拉特街是咖啡色的。智利文学是咖啡色的。房间是白色的，或许雪也是白色的。街道都不是白色的，街道是浅蓝色或是深蓝色的，或是海蓝色，祖母绿色，红色，玫红色，黄色。阿乌玛达街是红色的，莱科莱达街是玫红色的，托瓦拉达街，与胡利安住的房子平行的托瓦拉达街是天蓝色的，和毕尔巴鄂街一样。蒂埃斯·德·胡里奥和维古纳·麦肯纳都是橙色的街道。

父亲和孩子们在玩大都市时，母亲哼着比奥莱塔·帕拉的歌。我的母亲，胡利安想，唱着左派的歌谣跟唱右派的歌谣一样。我的母亲唱着她不该唱的歌谣。深夜里，她坐在沙发里，唱歌是为了解闷，也是为了想象一种真实的痛苦。我的母亲是一个把左派歌曲变成右派歌曲的装置。我的母亲，光明正大地唱着，那些穿着黑衣服的女人为逝者祈福时唱的歌。

胡利安听着母亲用甜美的声音哼唱比奥莱塔·帕拉

的歌：

为了能忘记你
我深深把地犁
我希望在这里
把疗伤良药觅

现在胡利安在黑暗中寻找比奥莱塔·帕拉古铜色的脸庞。他幻想她坐在冰冷的房间里，坐在高高的屋檐下，坐在土地上，夜晚，一个女人孤孤单单地对着一束花说话：

蜜蜂花的花蕊哟
我的痛苦没少哟
院子里的小花哟
是我的开心果哟

“院子里的小花哟 / 是我的开心果哟。”胡利安用空洞的声音喃喃念道。很久以前，他就认为这是他听过的最美妙的歌曲，但现在他决定忘却这首歌。

被等待折磨得头脑发昏，胡利安整理出一长串不一定准确的孤独女人的名单，自说自话的孤独女人的名单。我最喜欢的疯女人是，胡利安想，是艾米莉·狄金森。是两个女人，他说，比奥莱塔·帕拉和艾米莉·狄金森，她们排在这份孤独女人名单的前两位，她们在花园里自言自语。他看到艾米莉·狄金森苍白的、五官模糊的面庞："我们有一份黑夜要忍受/我们有一份黎明。"胡利安高声背诵着，不给任何人听，除了这个已经睡着的小姑娘。胡利安不自主地重复着艾米莉·狄金森的诗句，像是要找回自己的声音一样："我们有一份黑夜要忍受/我们有一份黎明。"

胡利安费力地翻译了题目，仅是题目而已：替我们分担黑夜吧，会带走我们的黑夜份额吧，拿走我们的黑夜，携黑暗而去吧。笔尖在纸上画出许多道道，墨水在纸上留下黑色的墨迹。胡利安对着黑色的纸大声地说话。他的真实职业是大声说话。他的真实职业是数过路的小汽车，或是突然在马路中央停下来的小汽车。他的真实职业是勾画单身女人和暗色的雪片。他的真实职业是创造词语然后在嘈杂声中忘记它们。

现在，胡利安又一次像疯子一样开始诵读了，不给任何人听：忍耐，承受，肩负，承担，带走，忍受，担着；担着黑夜——接受黑暗，带走我们的黑夜份额，接受黑夜的一部分，战胜黑暗，拂去光亮，深入黑夜，承担黑暗，对黑夜负责。

铅笔在纸上画了很多道道，墨水把纸染黑了。

那么丹妮拉呢？丹妮拉会怎样？

胡利安坐在那儿，从四十分钟前就在搅拌一杯茶。他想到了这个急切的问题，自己没有与这个问题拉开距离，而这恰恰是他想要的：距离。他想编造、获得或是购买几年的时间，或是几公里的距离，因为如今已经是早上五点了，这本书还在继续。这本书还在继续，虽然它已经被合上了。

而另一本书，他读了又读，直到把它翻得破烂不堪，字迹模糊不清。丹妮拉有一天会读它，然后会走向胡利安，对他说“我读了你的小说”，“我喜欢”，“我不喜欢”，“太简短”。或许丹妮拉不会来找他，因为那时他住在很远的地方，一个人住，或是和自己的孩子在一起。后一种可能让胡利安很是不快。

他应该把脑袋敞在外面的冷空气里吹吹风。他应该把窗子打开，但他不想这样做。他在这个规则尚不明确的游戏里寻找自己的新位置。

或许那些从不曾出现的敌人已经决定聚集在一起了。

或许一切都是很简单的，是他把一切夸大了。胡利安恢复了冷静，他最终成为一个逐渐静默的声音。这是他期待的，在他老去的时候，成为一个逐渐消失的声音。

“未来是一个逐渐消失的声音。”胡利安高声说道。

“嗨，晚上好，我是一个逐渐消失的声音。”他说。

“我是市场上尚存的、最好的、逐渐消失的声音。”

他想象十五岁的丹妮拉乘着大巴，从乡村旅游回来。她的皮肤有点黑，但目光还是一样，绿色的眼睛严肃地望着风景。她没读书，也没听音乐。她时不时眨下眼睛，让长长的睫毛交织在一起，然后又把目光定在贫瘠的山、脱缰的马，还有一直挺立的广告牌上。

他想象二十岁的丹妮拉，在休息室里翻看杂志，用蓝色的发圈束起蓝色的头发。胡利安本可以将镜头定格在这里，直到知道丹妮拉在等什么，在等谁。但胡利安不想知道这么多。他只想了解一丁点儿，仅此而已。

于是他开始畅想二十五岁的丹妮拉，等在一个公园里。丹妮拉用双手遮住太阳光，寻找远处卖冰淇淋或是棉花糖的小贩，或是一群朋友，他们邀请她来吃野餐、烧烤，或是吃摇头丸。

她三十岁时——胡利安想，以五年为单位来计算；他想象三十岁时的丹妮拉，和男朋友埃内斯托在海滩上。他们在海边走着，他走在前面，或是她在后面拖拉着，她用力地踩在沙滩上，感受着脚下的细沙。

三十岁时，丹妮拉会读胡利安的小说。这不是预言，胡利安缺乏做预言的力量；这也不是愿望，而类似于一个计划，一个由绝望执笔、被匆匆写就的夜间剧本。胡利安想略过现实，看看抛却了现实的未来，这样就能按照意愿去安排事实，怀着爱心，让未来远离现实存在。

维罗妮卡是否会回来，她活着或是死掉，离开或是留下，已经不重要了。不管怎样，丹妮拉都会长到三十岁，会有一个叫埃内斯托的男朋友。“在三十岁时，不管怎样，丹妮拉会读我的书。”胡利安说道。他的声音很空洞，他的脸庞毫无畏惧地隐入了黑暗。

胡利安是一个印记，被擦掉了，消失了。

维罗妮卡是一个印记，被擦掉了，但还在。

未来是丹妮拉的故事。

胡利安构思着，记下了这个故事。未来的一天，场景是一样的，丹妮拉仍住在这套公寓里，那时公寓刚翻修过，墙壁不再是绿色的、蓝色的和白色的，但有一些东西虽然经历了时光的磨砺，却丝毫未变。丹妮拉知道在哪里能找到茶，找到烤面包机，找到别针、手电筒，找到夏天的衣服。那时没有脏兮兮的地毯或玻璃碎片。没有蜘蛛、蟑螂或是蚂蚁。丹妮拉还住在原来的房间，蓝色的那间，而白色的房间里放了很多书和唱片，客房现在则成了真正的客房，几乎所有朋友在离家出走或失业以后，都曾住在这里。

她是学心理学专业的。有一段时间，一个人在做决定前没有征求心理医生的意见，是让人难以想象的。在智利，这一潮流来得很迟，持续时间却很短。一夜之间，成百上千个心理医生失去了工作，可以肯定的是这要归因于瑜伽和灵气大师的入侵。当丹妮拉在智利大学学习心理学时，这个专业的前途已经不甚明朗。丹妮拉一毕业就失业，忍受了几个月的失业以后，她终于在国家广播电台当了一个播音主持。

丹妮拉的播音时间档是上午九点到十一点，和其他节目一样，向全国观众广播。一般情况下，她会在节目开始前洗漱并吃好早餐。但这次她决定偷懒，在节目开始前的两分钟，她用隔音板仔细地把房间的门窗封严实。她回到床上，按下红色的按钮，稍微练习了一下以后，她那令人信服的声音响起了。

丹妮拉的声音有一种迷惑性，像是小姑娘沙哑的声音，或是五十岁左右中年妇女温润的声音。她的听众不知道她的年龄，因为她很少提及自己。她开始播音，直到第一个热线电话打进来。她非常谨慎，不让谈论的话题暴露太多自己的信息。在这方面她和她母亲一样，不会提供任何免费的信任，只有常规的总结，精到有趣的评论，无厘头的、默契的或是激动人心的建议，而这些很少或是几乎不会透露说话者的任何信息。她的很多同事都厚颜无耻地用狂妄自大来践踏听众的耐心，她不会这样做，所以她的节目让人感到很愉快。

她是什么时候认识埃内斯托的？在大学里？他是她的同学、学生或是老师？一个给她做讲座的学者，他看到她坐在第一排或是最后一排？谁是埃内斯托？他长什么样？这些都不重要。他们一起住在丹妮拉的家里，就在这套公寓里。但现在丹妮拉是一个人，昨天她去机场送埃内斯托，他要去基多[①]做一个生态旅游的项目。

丹妮拉不喜欢埃内斯托频繁出差，所以现在她在听一位听众的热线电话时，一直处于迷迷糊糊的状态，一个没有埃内斯托的日子，一段她非常熟悉的时光。这是一段孤独和眩晕的时间，丹妮拉缩短间隙，将句子严格简化，但仍然语调温和，她从没忘记有一小群着迷的听众每天都在收听她的节目。

她不否认自己越来越享受这份孤独，而和埃内斯托在一起的几周，却让她感到拘束和苦涩。他们之间没有暴力或憎恨。那只是一种缺憾，如同泼洒在画布上的透明涂料，在画布上，埃内斯托和丹妮拉面朝着后世。丹妮拉知道，埃内斯托很快就不会再回来了，她想象自己先是迷茫，接着愤怒，最后归于平静。这样也不错，他们毕竟没订婚，就应该这样：相爱是为了停止爱其他人，停止相爱是为了爱其他人，或者是为了保持单身状态，暂时单身或是永久单身。这就是生命的定律，唯一的定律。

---

① 基多（Quito），厄瓜多尔首府。

她把目光集中在流水上。“是桥在前进，是我们在前进，水是静止的。”这是胡利安，她的继父站在桥上对她说的，在她小时候，他常带她去那里，“一开始你会很不习惯，后来就会适应的。这就像欣赏那些奇怪的画，要一直看，直到从画面中浮出一个影子、一条龙、一头熊、某张人脸。再一次盯着水看，把目光集中到水面上，直到感觉你在前进，桥在前进，直到感觉小河不再是一条河。水流失去了速度，而你，现在是在水中乘船前进的人。”

胡利安靠在马波乔河桥的栏杆上。丹妮拉从没提过那段记忆，但那段记忆帮助她建立了很多情谊。先是一次小的背叛，或者说一个小伎俩，那时丹妮拉十五岁。一天下午，她和她父亲，她的亲生父亲一起散步。她情不自禁地带他去了那座桥，为此还走了很多路。为了保持神秘性，她牵着他的手走到桥上，非常严肃地重复了胡利安的话，好像这些话是她自己说的一样。她几乎要说出自己和继父的远足故事——在那些日子里他们穿过城市，只为来这里待一会儿，看一会儿流水——但她终究没这么做。“这是我最喜欢的地方，爸爸，”她对他说，这一次她没说谎，“在这里你可以让河水停滞，让小桥变成一艘靠岸或是离岸的小船。”

自那次散步之后，丹妮拉决定把这事当作自己的小玩笑，她的口令。她带每一个男朋友到马波乔河上的这座桥，让每个人相信他们自己是这场秘密仪式的首位见证者。这个上午，她想到了最近一次的场景，那是和埃内斯托在一块儿。现在她非常想独自一人到那座桥上去，向水里投一样东西——一张照片，一顶帽子，任何东西。她想象看着物品沉入水流时的乐趣，或许她也在考虑关闭一圈涟漪，虽然其实她并不相信关闭涟漪、终结某项进程的传说。她宁愿相信那些过程都是不存在的，那些我们可以看见的涟漪其实不是原本的涟漪。

和埃内斯托来到桥上的那一次，情况与以往完全不同。他就喜欢刨根问底，对丹妮拉的表述持怀疑态度，却丝毫不疑心——他不是一个疑心重的人——自己是一个被捉弄的人，一部无声电影的主角。后来，他被她那种吐露秘密的语气震住了。他马上打破沉默，对这座桥发表了一番评论，包括其建筑时间及同时期建造的一系列雄伟的大楼和建筑。这就是埃内斯托，一个什么都了解一点的讨厌鬼。但在丹妮拉看来，现实的打击并没什么不好。

“我父亲从没写过书。”丹妮拉高声说道。她发现自己的想法很明确，她的父亲不是作家。她的继父也不完全是作家，不是真正的作家，但她现在要发挥下想象，拓展思维，略微夸大事实。

“你父亲的职业是什么？”

“工程师。”

“你母亲的职业是什么？”

“美术师。”

人们不常问她继父的职业是什么，尽管在她这一代，几乎所有孩子都有继父或继母。孩子们从不用这种称谓称呼他们，或许是因为随着时间的推移，孩子们积攒了许多继父或继母，这一长串人赢得了孩子们的爱戴，但很快又被孩子们忘记了，因为孩子们没再见到他们。他们永远消失了，或是许多年以后，偶然在超市的队伍里出现。

但丹妮拉的情况例外，她只有一个继父，现在想来，她该感到幸运。只有一个继父，意味着生活很稳定。在许多调查表中，没有哪一栏是问继父的职业的，因此她从没有机会想出一个答案：作家还是教师，就这两种选择。从周一到周六是教师，周末是作家。

如果是她父亲写回忆录呢？或是她自己写，虽然她从没想过写作，但决定挽救父亲的故事？为什么要挽救这些故事呢，就好像它们根本不存在？谁是最好的主角，父亲、母亲，还是她的继父？孤独又一次包围了她。她被这个或许可以称之为“工程师和美术师”，或是“美术师和作家”的游戏困住了。哪一个小说更好呢，是工程师爱上了美术师，还是美术师爱上了作家？

丹妮拉在自己的播音节目结束后，想起了她的母亲，她活着还是死了，没有人知道。

或许她只是那晚没有回来，是胡利安告诉她，“她不会回来了”，或是“她死了”，“在她身上发生了一件很不好的事情，很让人悲伤的事情”。现在丹妮拉想起了母亲，然后想起了父亲。她想见他们。所以她做了一个选择：去拜访她的父亲。

虽然费尔南多在丹妮拉的生活中出现的次数并不多，但小丹妮拉的大部分绘画作品里都有他的一席之地。有时候丹妮拉不可避免地将他的某一特征，特别是耳朵卡通化，但大多数时候还是在美化他，把他理想化。丹妮拉六岁时，画了这样一幅画：她父亲在雪地里滑雪。那时候她还没见过山丘，但在电视里看过一个关于雪的纪录片。她把雪涂成了黄色，把滑雪板画成了叉子。

除了父母婚后共同生活的一百天，丹妮拉从来没和费尔南多共同生活过。离婚之后，费尔南多的公寓越换越大，他和越来越年轻的妩媚女人结合或分手。过去的十年间，他住在旧的高楼区，曾有一阵子这些楼的确称得上摩天大楼，但没过多久就被更高的楼取而代之了。

费尔南多刚被评为工商管理工程师，就成了happybirthday.cl的管理者，这是一个专门组织各类生日聚会的公司，只维持了六个月。“这远比我期待的要久，比我的婚姻更长。”费尔南多说笑道，他非常善于自我解嘲，或许正如他自己再次解嘲地说：“我可是拿自己开涮的行家。”把他定义为一个有幽默感的人是不准确的，毕竟费尔南多不像人们说的那样有趣。事实上，他相当严肃，只是用一种与众不同的幽默作为自我保护。经历happybirthday.cl的失败后，他的生意明显好转。实际上，他设在红灯区的夜总会只是玩玩而已，他的其他公司是独立发展的，给他带来了很大的利润。

见到丹妮拉的感觉，费尔南多不是第一次体会了。那是一种几近极度的兴奋，一种几乎是绝对的幸福，却仍然暴露着它的不完整，破坏了整个画面。他本来可以预感到她的到来，早该知道她会突然到来，她来是因为有一件紧急的事要告诉他，或者就是来说说话，营造一种父女之间一起吃肉酱意面、喝咖啡、聊聊天气或北部新建成的高速公路的氛围。

怎样描述他们谈话时发生的事呢？他们不曾说出的话、矜持的埋怨、琐事，是怎样的呢？经历一段艰难的时期之后，他们采取了不进攻的策略，转向一种间接的共谋，即两个人都知道他们只是共享一条生命线。现在他们在聊天，当然是在聊天，不是提问和回答的模式。这不是一次审问，是一次谈话；是让话题停留让他们很舒服的层面上。他们喜欢一起玩这个共度时光的游戏。

他们谈起了埃内斯托，费尔南多只见过他两三次。为了讨好女儿，他说他赞成这段感情，而尽管丹妮拉知道自己和埃内斯托说再见就是几周之内的事，仍对父亲迟到的表态很领情。她大度地把时光倒推两年，推到他们相爱的时候，把父亲的话放在该放的、合适的位置上。

他们还谈起了“丽塔·李”，就是费尔南多的夜总会。和往常一样，费尔南多犯了他一生都在犯的错误：忘记了父亲身份，他的兴致像飞机升空一样高起，和女儿谈起了生意经。不言而喻，费尔南多知道丹妮拉会觉得他和舞女的情爱故事很可笑。

“你该写本书，”沉默了很久以后，丹妮拉说道，“你不该跟我说这些事。”她残忍地笑了，对自己的措辞很满意。对找到正确的词语的兴奋盖过了故事引起的羞耻。她想象父亲着迷地看着一个可怜的女人如何脱下一身红色的洋娃娃衣服。她同情父亲，又觉有点可惜。但很快，她想到这是父亲该写的书：一本有很多故事不便告诉任何人的书，不透风的、会带进坟墓的书，一本有许多告解却又不能跟任何人分享的书，没有人认为它有意义的书。重要的是这本书保存了、省去了说话人讲那些故事的力气。

“你从没想过写本书吗？”

“没有。为什么问这个？”

“没什么。写书是件愚蠢的事，说出来更好。抱歉。”

“为什么抱歉？”

“为我说你该写本书抱歉。”

他不明白，她知道他不会明白的，这样最好，就这样吧。

丹妮拉对文学没兴趣。她读了很多书，但大多是历史类的，或是回忆录、散文集。实际上她受不了虚构类的书籍，对小说家设计的荒诞情节感到很不耐烦：我们假设有个跟这个世界差不多的世界，我们假设我不是我自己，而是一个可信的声音，一张白色的面孔，在全是不太白的、暗色的或深色的面孔中穿梭。

和父亲吃过午饭以后，丹妮拉决定读读胡利安的小说。她轻而易举地找到了那本书，它一直在书架上放着，总是和其他书一起按照字母表的顺序排列。多年以来她对它一直没有兴趣，或许是失去了读他的书的勇气。现在一打开封面，她就看到了写在扉页上的文字：*致亲爱的丹妮拉，希望它不会让你感到无聊。*

她认识继父的笔迹。精心书写的字母，仿佛是在避免印在纸上的颤抖。这是一个烟民的笔迹，丹妮拉想，其实并没有什么东西可以证明这是烟民的笔迹。她做好了被孤独吞没的准备。丹妮拉惊讶于自己能够准确地识别出胡利安的笔迹。她从没看过胡利安写字，只记得他对着电脑抽烟，打字的速度让她嫉妒，但五秒钟过后，胡利安会以相同的速度删去自己刚输入的字符。

她本该去公园或是机场，找某样东西或等某个人，但她更喜欢待在家里，回忆过往的点点滴滴。好像有人求她待在家里一样。好像看书成了一件必做的事，她必须写一份总结，一份学术论文一样，倒计时为四十五分钟。我们来解答唯一一个不合理的问题：怎样读继父的书?

胡利安的小说很短，半小时就能读完。但丹妮拉中间停下来煮咖啡，看咖啡是否煮好，给自己倒咖啡，每喝一口要停顿一下，每喝一口要看一眼天花板，或点支烟，每抽一口烟都要停顿一下。她甚至停下，把隔音板放在窗上。她需要绝对的寂静来听自己喝咖啡和吸烟的声音。她需要寂静来观察烟雾在从窗子射进来的阳光中消散。

她没感到无聊，或者只是感到一丁点无聊而已。她希望在书里找到自己的影子，自己很久以前的样子，那是一段她经历过的，现在却怎么也想不起来的时光。她对童年没什么记忆。她没办法讲述自己的生活，只有一些光秃秃的场景在她的记忆里徘徊。那些只是迹象，或是印记。只是一些碎片，需要费很大的劲儿才能拼成一个故事，一段生活。

但她找了又找：或许有一段记录了某几天、某几周、某几个月；或许当时她在胡利安写作时突然闯了进来，打断了他的思路，因此在书里留下一句话或者一个词语。所以她标记了一些片段——这些并不是她喜欢的句子，但可能是她说过的句子，被胡利安偷走了，记在了书里。她很高兴，这本书里跳跃着她的语言，丹妮拉的语言，她任凭这种幻想引导着她。

这是一个爱情故事，没什么特别的地方：两个人，在自愿且天真的情况下，共同建立了一个平行世界，但这个世界很快就崩塌了。这是一个平淡且短暂的爱情故事，在这个故事里她认出了自己的阶层：窄小的公寓，半真半假的事实，机械的爱情宣言，懦弱，狂热，失而复得的幻梦。人们的命运发生巨大的改变，起起伏伏，去去留留。转瞬即逝的话语，预言着不曾到来的启示。

平行世界是不存在的，这一点丹妮拉知道得很清楚。她已习惯了平庸，对一切都有了心理准备，喜欢用“很多年前”这个说法。这是真的，她能坦然面对一切，做任何事，接受人们愿意给予她的，说该说的话。她甚至已经准备好听自己说那些她根本不愿意说的话。但现在她并没准备好，没准备好接受这一切。现在她可是自由自在的。

丹妮拉看完一遍，马上回看自己标记的段落。她寻找自己的语言，找来找去都没找到。不在书里。她感到很迷茫，但这一缺憾没让她感到不愉快。怀着轻松和失望的心情，她合上了书。她的生活没有任何改变。或许明天她还会再读一遍，确认自己的感受，但她不会再去那座桥，不会回忆任何使现在、过去和未来有意义的往事。她不喜欢弄虚作假。她的生活没有任何变化，她知道的东西没有增多，也没有减少。她的感受没有增多，也没有减少。

读继父的小说比读生父的小说要容易吗？应该想想花园，想想自言自语的女人们在遥远的马路上换被扎的轮胎。应该想想病恹恹的树展现出的脆弱的美。应该幻想一座公园里到处都是倒塌的茅屋。应该刻画一个男人孤独的样子，他被困在潮湿的公寓里，面对着四面墙壁，一个拒绝说该说的话的男人。

胡利安本想让她想起那些树的故事，或是想起，用他有时会用的肯定的、教导的语气，背乘法表时痛苦的时光。胡利安本来希望丹妮拉在读过他的书后，会想起他。但丹妮拉没有。回忆不是避风港。她只是依稀记得一些街道的名字，而这些街道已经荡然无存了。

现在是晚上。

丹妮拉拿掉隔音板，她想听着行人的脚步声、狗吠声、喇叭声、巡逻车的警笛声、邻居的谈话声睡觉。她想起小时候，她会在胡利安读书、母亲画画时装睡。她渐渐沉入梦乡。

现在她睡了。她睡着了。

第二部　冬日

生活就是一本被抛却的书。

——约翰·阿什伯里[1]

① 约翰·阿什伯里（John Ashbery，1927— ），美国诗人，曾获普利策奖。

“体操教师是一个纳粹分子。”丹妮拉说。

他们小心翼翼地走着，避免踏进水坑里，两个人共撑家里唯一的一把伞。这次最好是坐出租车，但胡利安坚持和往常一样步行穿过七个街区。他提议玩一个游戏，走路时谁都不要说话，在心里默数步子：“我们到学校时，你告诉我你数出了多少步，我告诉你我数的数字，然后我们就知道我们两个步伐是否一致了。”

但丹妮拉不喜欢数步子。她想谈谈体操教师，如她刚说过的，他是一个纳粹分子。胡利安讨厌体操教师，讨厌所有爱运动的人，却觉得自己不得不为体操教师辩护。他用让人费解的语言总结了二战，然后简要总结了一战，还有俄国革命。“体操教师不是纳粹分子。”他大声说道，这时一辆轿车开过，溅起一片水花，让两人无从躲闪。“体操教师是个好人。”胡利安又说道，“或许他只是有点夸张，给小朋友做了过多的腹部肌肉训练，但这是他的工作。”

“你想过当体操教师吗？”

“没有。”

“想过加入绿色和平组织吗？”

“没有。”

“想过成为飞行员吗？”

“没有。”

“想过成为其他什么人吗？”

“你总想成为其他人，丹妮拉，”胡利安说道，他本来想说小丹妮拉或丹妮，但他说的是丹妮拉，“你从来不会满足于现状。对一切都满意是件很奇怪的事。在我小时候，我想成为医生，和其他小朋友一样。所有小朋友都想成为医生。”

“我不想。我不想成为医生，我没有一个朋友想成为医生，那样太无聊了。虽然能赚很多钱，但那是一个无聊的工作。”

事实上胡利安从没想过成为医生。他只是随便扯了个谎，想把这个问题混过去而已。他走在外侧，护着丹妮拉，扮演着好父亲、好继父、好兄长，或是其他角色。他从没想过成为医生，也不想成为体操教师。他也不想当文学教师。他曾想，现在也想，成为作家，但成为作家不意味着要成为什么人。

雨下得很大。在这种阴雨天，穿过七个街区的路途中，可以有很多段对话。在千八百步中间，字词来来去去，迅疾闪过。

差十分钟八点。一个小时前，胡利安认定未来生活即将开始。这就是第二天，他想。他煮了咖啡，把脸洗得很干净，刮了一遍又一遍，好像希望把自己的脸刮伤或是刮掉一样。他用了好几分钟设计出一个平淡的夜晚：他整理了毯子和床单，好像曾有两个人睡在上面，然后到厨房，倒了两杯咖啡，自己喝掉一杯，另一杯喝了一半。他吃了一片面包，给小姑娘准备了一杯巧克力牛奶。

接着他想放放音乐。他在找一张多年未曾听过的“天鹅绒”乐队的唱片，但没找到。于是他打开了收音机，里面正在放右派总统候选人的讲话，其实他更像是左派的。“人民可不傻，”候选人说道，“人民知道我是向着他们的。”他承诺一切从零开始，然后变成一百万、两百万、成百上千万。他的讲话重点突出，措辞合适，非常考究。播音员总结了这次访谈，然后宣布一整天都会下雨。“这是个好消息，雨水会净化圣地亚哥的空气。”他说道。

好像要融入世界一样，胡利安靠近窗子，证实的确是下雨了，很快地平线上的山脉会再次出现。接着他从里面打开大门，又将它反锁：这是一个干巴巴的关门声，重重的一声巨响，在他耳边回响了足足有十秒钟。然后他说道，几乎是喊道：“拜拜，亲爱的，一切顺利。”

他走到小姑娘的房间，叫醒她，然后说她妈妈已经上班去了，她要在高桥开早会。“你知道高桥在很远的地方。”他说道，可小姑娘看起来对这个说法并不满意，她刨根问底，胡利安都周旋过去了，因为他用了一晚上来思考丹妮拉可能会问到的问题，早已准备充分。然后他说："把牛奶喝了，丹妮，赶快洗漱、穿衣，我们要迟到了。"

和往常一样，小姑娘花了很长时间才找到蓝外套，用让维罗妮卡抓狂的、相当慢的速度洗漱，现在这一场景却让胡利安感到忧伤和惊讶。迟到是一种生活特点，一个人人努力保持的常态。

他们迈着迟疑的步子，在雨中走着。接下来的路是直行，可以望见学校了。街角的房子前一如既往拴着四条狗，它们大声地、疯狂地吠着，四条湿漉漉的、怒气冲冲的狗。丹妮拉跟它们打招呼，她的脸很白，一股白色的水汽从她嘴里冒出来。

快走到校门口时，英语老师赶上了他们。"我需要和您谈谈，这事很急。"她说道，装作和蔼的样子，好像在马路上拦住别人说话是很正常的，而瓢泼大雨正淋着他们呢。她不等胡利安的回答，就开始说小姑娘在英文课上总是走神。"如果她的学习状态再不改改，考试就要不及格了。"她兴致勃勃地说道。胡利安不无憎恨和羞愧地看着她。

"这是家庭信仰问题。"沉默了一分钟后，胡利安说道，"我们不喜欢英文，我们是反帝国主义人士，我们是左派人士。"他说。丹妮拉脸上露出串通一气的微笑。但女老师坚持说："我希望与您和您妻子简单聊几句。"接着说了见面时间，她固执己见、态度强硬，“下周三下午四点钟，我在教师办公室等两位。”胡利安机械地点点头，高声重复着，好像是在脑海里找空记录时间、日期和地点一样：“下周三，下午四点钟，在教师办公室。”那个女人最终消失在孩子们、父母们和雨伞里。

胡利安拉着丹妮拉的手，坚定且和蔼地说：“我们要好好学英文。”“好的，胡利安，但现在我要去上课了。”丹妮拉回答。他看着她，亲了她一下，然后放她走了。

圣地亚哥，二〇〇六年六月十一日